FRÉDÉGONDE ET BRUNEHILDE.

Paris. - Typographie de Mme Ve Dondey-Dupré, rue Saint-Louis, 46, au Marais.

FRÉDÉGONDE

ET

BRUNEHILDE,

POEME DRAMATIQUE,

PAR

M. EUGÈNE BLANDIN.

PARIS,
MICHEL LÉVY FRÈRES, LIBRAIRES-ÉDITEURS,
RUE VIVIENNE, 2 BIS.

1851

PRÉFACE.

J'ai peu de chose à dire sur ce livre. La manière de l'auteur est toute dans son travail, à quoi bon en faire la théorie ?

Cependant, ainsi que son titre l'annonce, cet ouvrage était destiné au théâtre. Il devait y être livré partie par partie, et à des dates diverses, chacune des époques de ce poëme formant un épisode qui a son

*

dénoûment. Mais le théâtre à Paris, à quelques rares exceptions près, est le domaine exclusif de quelques-uns ; l'auteur de ce livre n'était ni l'une de ces rares exceptions, ni l'un de ces quelques-uns, il n'a donc pas dû songer à se faire représenter.

Au reste, ce qu'il rapporte du théâtre ici, il le sait, ce n'est pas sur des on dit; il s'y est présenté, non pour aucune des parties de ce poëme, mais pour d'autres ouvrages qui ont précédé celui-ci. Là, on lui a répondu au milieu de bien des ambages : Vous n'êtes pas connu, adressez-vous ailleurs. A cela que répondre, si ce n'est de se faire connaître? Enfin il s'est adressé *ailleurs*, et *ailleurs* on lui a dit : Attendez. Il a d'abord attendu patiemment, puis il y est retourné plusieurs fois, et toujours on lui a fait la même réponse; et il attend encore.

Force lui a bien été alors de faire un livre de ce qui devait être selon lui une œuvre de théâtre. Car il ne s'ensuit pas de ce qu'on est *inconnu* qu'on ne puisse adopter telle ou telle forme littéraire qui vous paraît la plus propre à manifester votre pensée. Et il faut bien répéter que ce poëme a été écrit au point de vue de la représentation, le style dramatique devant essentiellement différer, du moins nous le pensons, de celui qu'on pourrait employer pour toute autre espèce de poésie.

Encore quelques mots sur ce travail, et je termine. Il y a quelques années, en s'occupant pour la première fois de ce sujet, l'auteur n'y avait entrevu qu'une trilogie; mais bientôt le récit de ces événements s'allongea tellement sous sa plume que la trilogie s'était presque triplée, et qu'elle devint un poëme dramatique. Il ne songea pas à le restreindre et à le faire entrer forcément dans trois parties; il lui sembla que ce grand drame, qui se développait avec tant de chances diverses et de péripéties presque pendant un demi-siècle, de 567 à 612, ne pouvait finir qu'avec la mort des deux principaux personnages; il lui sembla que l'intérêt pouvait s'y soutenir jusqu'à la fin.

S'est-il trompé?

Pour la division de cet ouvrage on comprend que le mot époque a été adopté comme le mot partie aurait pu l'être. On n'a pas partagé ce demi-siècle en autant de parts égales d'années qu'il y avait de drame , afin que chacun d'eux ne durât pas plus de temps qu'un autre. Non, la seule division possible pour cette espèce d'ouvrage était les événements, aussi telle année a-t-elle suffi à remplir un épisode ici, tandis que plus loin trois, quatre ou cinq années n'y suffisaient pas.

Maintenant, est-ce à dire que ce livre raconte tous les faits qui se sont passés pendant cette période de l'histoire de France? Nullement; l'auteur n'a pris que les événements qui lui ont semblé le plus caractéristiques, ceux qui montraient sous une vive lumière les mœurs de ce temps. Aussi, disons-le tout de suite, on s'est complétement abstenu de faire suivre cet ouvrage de notes. Ce livre n'est pas une histoire : c'est un poëme; il ne dit pas tout ce que l'histoire raconte, il montre des choses dont elle n'a que faire. Les ouvrages qui l'ont inspiré sont dans les mains de tout le monde; il sera facile d'y recourir pour ceux qui douteront de ce qu'on raconte ici. Et d'ailleurs, un illustre poëte de notre époque l'a dit :

« Dans les productions de l'imagination, il n'est pas
» de *pièces justificatives.* »

Ce que l'auteur a surtout cherché, ç'a été de reproduire les mœurs de l'époque mérovingienne dans leur naïveté.

Pour les noms historiques, je n'ai pas hésité un seul instant à me servir de ceux que de savants historiens ont si justement restitués dans leur vérité barbare aux personnages de la première race. M. Augustin Thierry a dit quelque part « que la vraie phy-
» sionomie des noms d'homme de chaque nation et
» de chaque époque faisait partie de la vérité de
» mœurs que l'historien doit curieusement recher-
» cher et rendre fidèlement. » Si cela peut se dire de l'histoire, à bien plus forte raison peut-on le faire pour un poëme.

Quelques personnes se verront peut-être froissées tout d'abord dans leurs souvenirs classiques; mais bientôt elles s'apercevront combien cette distinction, en apparence futile, sert à nous reporter davantage vers cette époque barbare.

Si l'auteur ne s'est pas attaché ici à dépeindre le costume de ses personnages, ce n'est pas qu'il méconnaisse le moins du monde que ce détail fait partie de la vérité historique ; mais comme il s'en est occupé assez longuement dans un ouvrage qui paraîtra bientôt, et dont l'action se passe un siècle environ avant celle de *Frédégonde et Brunehilde*, il n'a pas cru devoir répéter, pour ainsi dire, ces explications. En effet, si ce n'est que les Franks ne portaient plus les cheveux retroussés et noués en forme d'aigrette sur le sommet du crâne, ni les moustaches pendantes ; si ce n'est qu'ils ne marchaient plus au combat la tête et la poitrine découvertes, généralement du moins, leur costume n'avait pas sensiblement changé du cinquième au sixième siècle. Au reste, lorsque des distinctions plus sensibles se présenteront, elles seindiquées.

De ce que le nom de l'auteur apparaît pour la première fois au public, il ne faudrait pas croire que ce livre fût son premier essai. Non, d'autres travaux, comme nous l'avons dit déjà, l'avaient précédé, qui eux-mêmes n'étaient que le fruit d'études constantes et sérieuses, qui eux-mêmes avaient été précédés par d'autres souvent refaits et détruits. Ceci ne veut pas prouver autre chose, si ce n'est son profond respect pour le public, si ce n'est qu'il pense qu'à défaut de talent on ne doit lui offrir au moins qu'un travail consciencieux. Voilà seulement pourquoi il a osé faire aujourd'hui son premier pas dans cette carrière littéraire, si difficile toujours, si ingrate souvent !

Peut-être même ce poëme n'eût-il pas dû paraître aussitôt ; mais, — point de récriminations ! il le fallait !

Et maintenant, lecteur, si vous voulez bien m'accorder quelques heures, regardez et écoutez ; la toile se lève, les acteurs vont agir et parler.

EUGÈNE BLANDIN.

Décembre 1850.

RÉDÉGONDE ET BRUNEHILDE.

PREMIÈRE ÉPOQUE.

GALESWINTHE.

PERSONNAGES DE GALESWINTHE.

FRÉDÉGONDE.
GALESWINTHE.
HILPÉRIK.
ATHANAGHILD.
GOISWINTHE.
AUDERIK.
LANDERIK.
ANSOWALD.
SIGULF.
LEUDASTE.
THÉODEBALD.
AUDOWÈRE.
INGONDE.
INGOBERGE.
UN ANTRUSTION DU ROI GOTH.
UNE BRODEUSE.
UNE SUIVANTE.
FIDÈLES DE FRÉDÉGONDE, LEUDES FRANKS ET GOTHS, BRODEUSES, SOLDATS, etc.

-∞-

Gaule, Espagne. — 567-568.

PROLOGUE.

UNE RUSE DE JEUNE FILLE.

Le château de Braine. — Chambre où travaillent les lites du roi Hilpérik.

SCÈNE PREMIÈRE.

SIGULF, INGONDE, FRÉDÉGONDE, BRODEUSES.

Toutes les femmes sont assises et brodent.

INGONDE.

Çà, Frédégonde, dis, tu ne te hâtes guère,
On te croirait, vraiment, de race moins vulgaire
Que d'autres à te voir paresser tout le jour.
Ah ! si tu veux rester encore en ce séjour,
Il te faut travailler comme toute brodeuse,
Sinon tu deviendras bientôt, vois-tu, cardeuse
De laine. Bien souvent déjà je te l'ai dit ;
C'est la dernière fois.

FRÉDÉGONDE, *à part.*

Travail damné ! — Maudit,
Maudit soit donc le jour qui me donna naissance
Si je dois écouter, pleine d'obéissance,
Des servantes du roi tant de mots insolents !

Elle se met à travailler.

Que ce travail est dur ! — que mes doigts y sont lents !

Elle pleure.

— Ah ! cachons-leur ces pleurs, ou de nouveaux outrages
Me seraient infligés.

Elle baisse la tête et travaille en silence.

SIGULF, *examinant le travail des femmes.*

Voilà de beaux ouvrages
De soie et d'or ! — Vraiment, Hilpérik, notre roi,
A là d'habiles gens. — Tout semble fort adroit.

INGONDE.

Ils sont, comte Sigulf, lites de la couronne.

SIGULF.

Oh ! je te sais, Ingonde, une sage matronne,
Et sous tes yeux chacun se dépêche à l'envi.

INGONDE.

D'où vient, comte Sigulf, que tu n'as pas suivi
Le roi dans son voyage ?

SIGULF.

Ah ! vois-tu, vieille Ingonde,
Il n'est plus maintenant qu'au mall où je seconde

Hilpérik. En voyage, à la chasse, au combat,
En tous les lieux enfin où jeune homme on s'ébat,
Je ne puis me montrer comme j'ai fait naguère;
Héritage d'un temps de plaisir et de guerre,
Mes cent infirmités sont plus à ménager
Encor que ma vieillesse; aussi suis-je étranger
Aux fêtes maintenant.

En parlant ainsi il s'est approché de Frédégonde.

— Que tu parais morose,
Belle Frédégonde! — Oui, ton visage si rose
Habituellement est bien pâle aujourd'hui.

UNE BRODEUSE.

Ne sais-tu pas qu'ici Frédégonde conduit
Son esprit au travers de rêves qu'on ignore,
Et que ce beau travail dont chacune s'honore
Lui fait honte?

SIGULF.

Est-ce là, dis, ce qui te déplaît
Et te rend triste?

FRÉDÉGONDE.

Non, c'est de te voir si laid.

TOUTES LES BRODEUSES, *riant.*

Ah! très-bien! — Ah! ah! ah! —

INGONDE.

C'est bien ton caractère,
Fille vaine.

SIGULF, *de façon à n'être entendu que de Frédégonde.*

Pour moi, je ne veux pas te taire

Mes desseins plus longtemps. Écoute, si tu veux
Ta fortune bientôt passera tous tes vœux :
Il suffit pour cela que Hilpérik te cède
A moi pour un peu d'or. Comprends-tu, s'il accède
A ce marché, tu viens habiter mon château
Où tu goûtes en paix le bonheur aussitôt.

FRÉDÉGONDE.

Tu n'as rien du bonheur que Frédégonde envie,
Laisse-moi donc, Sigulf.

SIGULF.

Ah! crois-moi, de ta vie
Tu ne retrouveras pareille occasion.

FRÉDÉGONDE.

Peut-être. —

Quand Sigulf s'est éloigné d'elle, *à part.*

Oh! non, jamais ceci ; l'éclosion
De ma fortune à moi doit briller davantage ;
Et c'est un autre lit qu'il faut que je partage.

Elle réfléchit et cesse de travailler.

INGONDE.

Songe moins, Frédégonde, aux projets envieux
Que tu nourris, et brode.

SIGULF, *à part.*

Allons, je suis trop vieux
Pour elle. — Au fait, elle a raison ; c'était folie.

Entre Audowère par la porte de gauche.

SCÈNE II.

LES PRÉCÉDENTS, AUDOWÈRE.

AUDOWÈRE, *à ses femmes.*

Vous travaillez, c'est bien.

S'approchant de Frédégonde.

Et toi, toujours jolie.

FRÉDÉGONDE.

Que de bonté, maîtresse !

AUDOWÈRE.

Allez toujours ainsi,
Et de moi vous serez satisfaites aussi.

Elle examine leurs travaux.

FRÉDÉGONDE, *à part*

Enfin la soif d'honneurs dont je suis obsédée
Pourra se satisfaire. — Oui, je prends cette idée,
Et m'en sers sans retard ; ce projet me convient.

Elle se lève, marche vers la reine dans une contenance modeste et lui dit d'une voix douce.

— O maîtresse ! voici le roi qui s'en revient,
La fille que tu mis au monde en son absence
Ne fut point baptisée au jour de sa naissance,
Crois-tu qu'il lui fera bon accueil un moment ?

AUDOWÈRE.

Non. — Elle recevrait bientôt ce sacrement,

S'il était à cette heure avec l'évêque à Braine
Une femme libre. — Il n'en est pas une.

FRÉDÉGONDE.

O reine!
Qui pourrait mieux que toi la présenter aux fonts?

AUDOWÈRE.

Ah! je n'y songeais pas, vraiment, tu me confonds;
Mais je vais réparer ma légère conduite.

Elle sort.

FRÉDÉGONDE, *à part.*

J'avais bien calculé; mes raisons l'ont séduite.
Pour atteindre mon but le chemin devient droit
Maintenant. — Poursuivons.

Fanfares lointaines.

INGONDE.

Femmes, voici le roi;
Levez-vous, nous allons le recevoir ensemble.

SCÈNE III.

FRÉDÉGONDE, *seule.*

Allez, l'événement qui toutes vous rassemble
Ne doit être aujourd'hui que le moins important.
— Que de pleurs! que d'ennuis! que de douleurs pourtant!
Quand je courbais le front sur cet affreux ouvrage,

Combien de fois pleurant j'ai dévoré ma rage
En moi-même. On riait à mes côtés sans voir
Qu'on me torturait l'âme. Oh ! c'était mon devoir
De souffrir en silence ; aussi j'ai su me taire.
Jamais nul ne plongea dans le sombre mystère
Dont je couvris toujours mon esprit et mon cœur.
Vainement un outrage, un sourire moqueur,
S'en venaient tour à tour froisser mon espérance ;
Sur d'anciennes douleurs c'était une souffrance
Que je dérobais même à leur œil indiscret
— A comprendre mes plans quel cœur se trouvait prêt?
Qui donc aurait compris ce grand but de ma vie,
Qui m'aurait conseillée et qui m'aurait suivie ?
— On se serait joué de mon vaste projet,
Et de la raillerie il eût été l'objet.
Jamais, jamais non plus je n'en eus la pensée ;
J'ai vécu seule ici, des autres délaissée.
On paraissait surpris de ne me voir jamais
Écouter les discours de l'homme que j'aimais ;
On pensait me trouver peut-être au fond de l'âme
Pour un amour secret quelque brûlante flamme ;
En vain dans cette idée on s'est longtemps complu,
Je gardais mon secret, personne ne l'a lu.
— Oh ! c'est qu'il ne faut pas qu'aucun de vous l'apprenne,
La lite Frédégonde a désir d'être reine.
— Qu'ai-je dit? — Il me semble à présent qu'on a ri. —

Regardant autour d'elle.

Mais non, je suis bien seule — effroi de mon esprit !
— O filles qui pouvez chaque jour vous complaire

A ce labeur qui fait l'objet de ma colère !
Au lieu de fils de soie il fallait à mes mains
Les destins d'un royaume à tresser, des chemins
A hanter pour mon corps, non cette chambre étroite
Où je respire à peine et me tiens mal droite.
Il fallait à mes yeux, au lieu de ces tissus,
Des champs pour donner jour aux plans que j'ai conçus.
Pour me railler ainsi m'aviez-vous donc comprise ?
Vous tremblerez. — Sigulf, vieux comte à barbe grise,
Toi qui me proposais de partager ton lit,
Tu seras à mes pieds, va, si tout s'accomplit
Comme je puis le croire. Ah ! tu dis en toi-même :
« Je suis vieux et vilain, comment vouloir qu'on m'aime ? »
Que m'importe, Sigulf, que tu sois vieux et laid,
Ce n'est pas le roi, mais son trône qui me plaît.
— Vous vous abusiez tous ; on m'avait faite obscure,
Il me faut la lumière, oui, celle qui procure
La joie et les honneurs, un jour resplendissant
Devant qui tout s'efface, un pouvoir abaissant
Devant lui par un mot les têtes les plus hautes,
Et dont avec effroi s'entretiennent ses hôtes.
C'est le jour que je veux échanger pour ma nuit,
Et ce qui seulement peut calmer mon ennui.
— Personne n'a songé, ni la reine Audowère,
Que mes conseils n'étaient qu'une leçon sévère
Que je donne en passant à leurs pauvres esprits
Autant qu'un piége adroit qui sera mieux compris
De leur roi que d'eux tous.

Fanfares rapprochées.

CHŒUR DE JEUNES FILLES, *au dehors.*

Chantons l'élu des cieux,
Chantons dans la victoire
Son vol ambitieux,
Du roi chantons la gloire !

Hilpérik, ô roi frank,
Tu fus dès ta naissance
Des grands rois le plus grand ;
Dieu créa ta puissance.

Béni soit ton retour !
Et que ton cœur se noie
Parmi nous tour à tour
Dans l'amour et la joie !

— Ah ! le voici, courage !
Je vais être vengée enfin d'un long outrage.

Entrent des jeunes filles portant des guirlandes de fleurs, Hilpérik, Sigulf, Landerik, Ansowald, Leudaste, Ingonde, puis un grand nombre de Leudes.

SCENE IV.

HILPÉRIK, SIGULF, LANDERIK, ANSOWALD, LEUDASTE, INGONDE, FRÉDÉGONDE, LEUDES, JEUNES FILLES.

HILPÉRIK.

Vous fêtez mon retour, c'est bien, merci. Pour moi,
Je ne suis pas ingrat. —

FRÉDÉGONDE.

Dieu soit béni ! ô roi !
De ce qu'un enfant t'est né. Mais comme la reine
De sa fille Hildeswinde est aujourd'hui marraine,
Qui prendras-tu pour femme ?

HILPÉRIK.

Hé ! toi.

FRÉDÉGONDE, *à part.*

Joug détesté,
Je te brise.

Audowère entre par la gauche portant sa fille dans ses bras. Hilpérik se tourne vers elle.

SCÈNE IV.

LES MÊMES, AUDOWÈRE.

HILPÉRIK.

Audowère, en ta simplicité
Tu fis une action infâme et défendue
Dès longtemps par l'Église ; or donc tu t'es perdue.
Tu ne peux habiter avec moi désormais,
Tu dois prendre le voile et vivre à tout jamais
Dans un couvent. La chose est ainsi décidée.

Il s'éloigne avec Frédégonde et sa suite.

AUDOWÈRE, *à part.*

Frédégonde mentait!

INGONDE, *à part.*

Quoi, c'était son idée!

Elles s'éloignent toutes deux d'un côté différent.

FIN DU PROLOGUE.

ACTE PREMIER.

LA DISGRACE.

Six mois après — Une autre partie du château de Braine. Porte au fond, portes latérales, une table, des siéges.

SCÈNE PREMIÈRE.

FRÉDÉGONDE, *arrivant par le fond.*

Après six mois de règne, hélas! devais-je voir
Hilpérik me fuir et chanceler mon pouvoir ?
— Que trame-t-on ? — d'où vient que le roi ne m'aborde
Toujours qu'avec froideur? — Oh! mon âme déborde
De larmes et de rage ; oui, sous un tel revers
Je me sens abattue, et vingt pensers divers
Me traversent l'esprit. — Quoi! descendre en la foule,
Et sentir sur sa tête une main qui nous foule
Sans pitié ; lorsqu'on a régné dans un palais,
Revenir tout d'un coup au milieu des valets,

Et les voir tous, jaloux de nos grandeurs passées,
Nous railler méchamment jusques en nos pensées !
Après avoir été l'objet de leur terreur,
Comme ils vont s'acharner avec haine et fureur
Sur moi ! — Si la puissance ainsi m'était ravie,
O mon Dieu ! j'en mourrais, oui, j'en perdrais la vie !

Elle pleure.

— J'entends quelqu'un, rentrez dans mon âme, mes pleurs;
Il ne faut pas qu'on voie ici que mes malheurs
M'arrachent malgré moi de ces larmes de rage.

Entre Landerik.

SCÈNE II.

FRÉDÉGONDE, LANDERIK.

FRÉDÉGONDE.

Dis-moi tout, Landerik, va, j'aurai le courage
D'écouter jusqu'au bout quel que soit mon destin.

LANDERIK.

Oh ! d'abord je ne sais, vois-tu, rien de certain.
Je pense qu'il s'agit d'une union nouvelle
Pour le roi, jusqu'ici pourtant il ne révèle
Ses plans secrets qu'au seul Ansowald. Il paraît
Que depuis quelque temps ce mariage est prêt

A se conclure avec une fille du Tage,
Du moins à ce qu'on dit. J'en saurai davantage
Bientôt, car Hilpérik m'a fait venir ici
Avec d'autres. Crois, va, que s'il en est ainsi
Qu'on pense, je rendrai ce projet impossible.
Femme, pour te servir je suis inaccessible
A la peur ; je saurai contredire le roi.

FRÉDÉGONDE.

Garde-t'en, Landerik, cela n'est pas adroit.
Je connais Hilpérik, je sais que l'avarice
Le domine souvent ; aujourd'hui son caprice
N'est pas de posséder la fille des rois goths,
Mais sa dot, ses trésors qui sont au moins égaux
A ceux qu'il a déjà. Pour doubler sa fortune
L'occasion lui semble en ce jour opportune ;
Laissons-le faire, ami, flattons sa volonté.
Quand il aura cet or, crois-tu que la beauté
De sa nouvelle épouse, en un mot, auprès d'elle
Enchaîne Hilpérik, le lui rende fidèle ?
Quinze jours, un mois, oui. — Mais après ? — mais après?
— Alors, tu le comprends, à ses yeux je parais.

LANDERIK.

J'obéis, Frédégonde. — Il serait temps, je pense,
D'accorder à mes soins aussi leur récompense.

FRÉDÉGONDE.

Tu songes à la joie ! — Ah ! ce n'est pas le jour ;
D'abord, obéis-moi, plus tard viendra l'amour.

LANDERIK.

Je marche aveuglément, et peut-être me damne.

FRÉDÉGONDE.

Qui me sert à marcher comme toi se condamne.
Mais plus tard à ceux-là joie et bonheur aussi.
— Le roi vient ; j'entendrai, je me tiens près d'ici.

LANDERIK.

Sans connaître tes plans enfin je les seconde.

FRÉDÉGONDE.

Ah ! tu n'es qu'un guerrier, et je suis Frédégonde.

Elle sort à gauche. — Entrent par le fond Hilpérik, Ansowald et Sigulf.

SCÈNE III.

HILPÉRIK, SIGULF, ANSOWALD, LANDERIK.

HILPÉRIK.

Seyez-vous, chers amis.

Ils s'asseyent tous.

— Je vous ai fait venir
Tous les trois en ce lieu pour vous entretenir
D'une affaire importante. Amis, je sais qu'on vante
Mon frère Sighebert de ce qu'une servante
N'entre pas dans son lit maintenant, et surtout

De ce qu'on ne lui voit plus qu'une reine en tout.
Vraiment, je vous le dis, je n'ai pu me soustraire
Au remords; Sighebert est mon plus jeune frère,
Et son exemple a fait entrer le repentir
Dans mon âme égarée; aussi je veux sortir
De mon erreur et rompre avec une existence
Dont il est temps de faire à présent pénitence.
J'ai résolu de prendre une femme d'un rang
Élevé, tout royal, digne en tout d'un roi frank,
Et je crois d'un choix juste autant que politique
De demander la main d'une fille gothique.
Celle d'Athanaghild, ce vieux et vaillant roi,
Me semble, compagnons, surtout digne de moi.
Je doute que quelqu'un soit d'un avis contraire :
Brunehilde est sa sœur; or donc, mon jeune frère
Devient le mien deux fois, et j'aime Sighebert,
Vous le savez. De plus la mort de Haribert
M'a rendu le voisin des Wisigoths d'Espagne;
Pourrais-je donc choisir ailleurs une compagne,
Dites, répondez-moi?

SIGULF.

Non, vraiment.

LANDERIK.

Non, par Dieu!

ANSOWALD.

Et Frédégonde, ô roi?

HILPÉRIK.

Qu'elle reste en son lieu,
Parmi les serviteurs.

ANSOWALD, *à part.*

Quoi, déjà ! — C'est étrange.

HILPÉRIK.

Ansowald, penses-tu comme nous ?

ANSOWALD.

Je me range
A ton avis, grand roi.

HILPÉRIK.

Vous partirez tous trois
Comme ambassadeurs. —

SIGULF.

Moi, moi de même ?

HILPÉRIK.

Je crois
Avoir dit que tous trois vous iriez à Tolède.

SIGULF.

Je ne pourrai jamais.

HILPÉRIK.

Voyez donc comme il plaide
En sa faveur, ce gros Sigulf.

SIGULF.

C'est mon trépas,
Je t'en supplie. —

HILPÉRIK.

Allons, tu maigriras.

SIGULF.

Non pas.

HILPÉRIK.

Tant mieux, tu prouveras alors à mon beau-père
Qu'à la cour des rois franks on vit bien, on prospère.
— Ce soir, vous m'entendez.

ANSOWALD *et* LANDERIK.

Comptes-y.

SIGULF.

C'est ma mort.

Hilpérik sort par le fond, Sigulf le suit en le suppliant. — Entre par la gauche Frédégonde.

SCENE IV.

FRÉDÉGONDE, LANDERIK, ANSOWALD.

FRÉDÉGONDE.

Hilpérik, je l'ai vu, me chasse sans remord.
Ah! j'ai tout entendu, mais je suis sans faiblesse.
Puisque c'est son désir, chers amis, qu'on le laisse
Se jeter follement dans les bras de la sœur
De Brunehilde. Oh! moi, sans craindre sa douceur,
Ses charmes sans égaux, ni son esprit qu'on vante,
Je sais un sûr moyen de venger la servante
Qu'on chasse sans pitié comme un être trop vieux,
C'est de la ramener, malgré les envieux,
A ce rang élevé pour lequel elle est faite.

— En attendant ce jour qui sera jour de fête,
Je reviens humblement à ma condition.
Pour vous, accomplissez enfin la mission
Dont vous charge le roi, rendez-vous auprès d'elle.
Il me reste un ami, non moins que vous fidèle,
Vous savez, c'est Leudaste, ancien comte de Tour :
Esclave, et riche, et comte, et proscrit tour à tour,
Cet homme, qui de rien s'éleva par l'intrigue,
En son âme de fer à cette heure ne brigue
Que son pouvoir perdu par le sort d'un combat.
Sous le mal qui l'étreint enfin il se débat,
Attendant avec rage une époque opportune
Pour recouvrer ses biens, venger son infortune.
On dit, je n'en sais rien, qu'il a plus d'un défaut,
Que m'importe ? cet homme est de ceux qu'il me faut.
Il suffira, je crois, seul pendant votre absence
A m'aider pour bâtir ma future puissance.
Partez donc sans regrets.

ANSOWALD.

Mais quel est ton dessein ?

FRÉDÉGONDE.

C'est un secret profond que je cache en mon sein.
Ah ! je suis parvenue, à bout de patience,
A rassembler les traits épars d'une science
Qu'on ignore, — et que même on repousse aujourd'hui.
Mais du reste en cela mon esprit fut conduit
Par une vieille femme, ah ! pauvre créature,
N'habitant que les bois et donnant la pâture

A de nombreux essaims de hiboux, de corbeaux,
Qui la nuit avec elle allaient par les tombeaux.
C'était là que souvent, l'épouvante dans l'âme,
Quand chacun la fuyait et lui jetait le blâme,
J'écoutais, moi, malgré ses compagnons hideux,
Des secrets effrayants pour d'autres que nous deux.
C'est là que par degrés tout ce qui vous effraie,
Le silence des morts et le cri de l'orfraie,
Me devint en deux mois un objet de plaisir,
Tant de connaître enfin mon âme avait désir !
— Depuis la vieille est morte, et je suis l'héritière
De sa science étrange, et la sais tout entière.
Vous êtes, chers amis, de valeureux guerriers ;
Ne m'interrogez pas, vraiment, vous trembleriez.
— Adieu, partez.

Elle sort par la gauche.

ANSOWALD.

J'ignore, ami, sur quoi se fonde
Son pouvoir, je le crains.

LANDERIK.

Sa science est profonde.

Ils sortent par le fond.

FIN DU PREMIER ACTE.

ACTE DEUXIÈME.

LE SACRIFICE.

Tolède. — Une vaste salle du palais des rois goths. — A gauche un trône exhaussé de quelques marches et surmonté d'un dais. — Ce palais diffère essentiellement par l'élégance et le luxe des habitations rustiques des rois franks. Tout démontre que ceux qui l'habitent ont atteint un degré de civilisation presque romaine. La même différence se montre dans leur costume qui, tout en conservant une partie de ses formes primitives et sans perdre son aspect guerrier, est formé d'étoffes plus riches que celui des Franks ; ce contraste devient frappant lorsque des hommes des deux nations se sont mis en présence.

SCÈNE PREMIÈRE.

GOISWINTHE, GALESWINTHE, *assises;* ATHANAGHILD, *entrant par la droite.*

ATHANAGHILD.

Ah ! réjouissez-vous, toi, femme, et toi, ma fille ;
Personne ne viendra désunir ma famille
A présent. Hilpérik renonce à son projet

D'union, j'en suis aise; il aurait fait l'objet
Des chagrins de ma vie.

GOISWINTHE.

Oh! maintenant j'espère
Qu'il n'y songera plus.

GALESWINTHE.

O ma mère! ô mon père!
Voyez, il m'eût fallu, vous deux que j'aime tant,
M'en aller loin de vous à tout jamais pourtant!
Quitter ce beau pays, le ciel pur de Tolède,
Pour le climat brumeux, pour quelque ville laide
Du royaume des Franks; car on le dit du moins,
Et ce me fut conté par plus de vingt témoins.
Il paraît que pour eux la nature marâtre
Ne leur donna jamais qu'un vilain ciel noirâtre,
Que d'orages sans fin leur sol toujours couvert
A fait de leur année un long et froid hiver.
Les leudes du roi même ont l'esprit sans culture,
Et leurs grossiers instincts guident seuls leur nature.
Enfin il m'eût fallu changer ma foi d'enfant,
Sans s'expliquer pourquoi, mon âme s'en défend;
Qu'importe qu'elle vaille ou plus ou moins qu'une autre,
Je l'aime, chers parents, parce qu'elle fut vôtre.
A ce culte arien voilà pourquoi je tiens,
Comme peuvent tenir à leur foi les chrétiens.
— Et pour quel roi, mon Dieu! fallait-il que je fisse
Ce pénible voyage et ce grand sacrifice?
Pour Hilpérik, un roi méchant et vicieux,

Et, quel que soit son culte, en guerre avec les cieux.
Je fusse bientôt morte étant femme d'un homme
Dont jamais sans rougir en ces lieux on ne nomme
Les vices monstrueux.

ATHANAGHILD.

Enfant, rassure-toi,
Tu ne seras jamais l'épouse de ce roi.

GALESWINTHE.

Merci, mon père.

ATHANAGHILD.

Va t'apprêter, Goïswinthe,
Nous sortirons ensemble...

Prenant sa fille dans ses bras et l'embrassant.

Et toi, ma Galeswinthe,
Tu viendras avec nous. — Quel Frank de ta douceur,
Hélas! sans la flétrir deviendrait possesseur,
Parmi tant de chardons, belle fleur passagère?

Entre Auderik.

SCÈNE II.

LES MÊMES, AUDERIK.

AUDERIK, *au roi, sans être entendu des autres personnes.*

Roi, des hommes venus d'une terre étrangère
Demandent à te voir.

ATHANAGHILD, *à part.*

Je me sens plein d'effroi.

Haut, à Auderik.

De quel lieu penses-tu qu'ils viennent?

AUDERIK.

Si j'en croi
Leur vulgaire langage et leur grossier costume,
Ce sont des Franks. Suivant une vieille coutume,
Les baguettes que tous ils portent à la main
Les font ambassadeurs.

ATHANAGHILD, *à part.*

Sort fatal, inhumain!

Haut, à sa femme et à sa fille.

Me voilà retenu par une grave affaire;
Mais votre promenade, ô femmes, doit se faire,
Car je vous l'ai promise. Auderik, et non moi,
Vous accompagnera.

GALESWINTHE.

Penses-tu que sans toi
Nous y prenions plaisir?

ATHANAGHILD.

Et penses-tu, ma fille,
Que je puisse quitter sans peine ma famille,
Notre doux entretien, ta bouche qui sourit,
Pour aller longuement me fatiguer l'esprit,
A propos de l'État, d'objets toujours arides,
Sans qu'un pli plus profond ne sillonne mes rides?

C'est bien assez de voir traverser mon désir
Ainsi, sans que, doublant encor mon déplaisir,
On veuille comme moi s'ennuyer de la sorte.

GALESWINTHE.

Puisque cela te plaît, il faut bien que je sorte ;
Je t'obéis.

Elle embrasse son père.

ATHANAGHILD.

Merci.

Goïswinthe et sa fille sortent par la gauche. *A part.*

Si tu savais, enfant,
Ce que c'est, tu n'aurais pas cet air triomphant.

A Auderik.

Qu'ils entrent donc !

Auderik introduit les ambassadeurs et se retire.

SCÈNE III.

ATHANAGHILD, LANDERIK, ANSOWALD, SIGULF, *tous trois de petites baguettes à la main.*

ANSOWALD.

Salut, Athanaghild, et gloire
A toi !

ATHANAGHILD.

Merci. — Parlez.

ANSOWALD.

N'as-tu pas en mémoire
Certains projets de paix, de mariage aussi,
Qu'autrefois te soumît le roi Hilpérik ?

ATHANAGHILD.

Si.

ANSOWALD.

Il pense qu'aujourd'hui nul argument contraire
Ne peut les retarder ; car la mort de son frère
L'a rendu ton voisin ; or les vrais intérêts
De deux peuples fameux qui demeurent si près
Leur commandant la paix, Hilpérik te demande
Ta fille en mariage.

ATHANAGHILD.

Ah ! c'est là sa demande ?

ANSOWALD.

En vos communs États un bonheur éternel
Doit suivre, a-t-il pensé, ce traité solennel.

ATHANAGHILD.

Le cas est grave, amis ; je veux donc le soumettre
A mes réflexions.

ANSOWALD.

O roi goth, notre maître
Nous a dit de ne faire ici qu'un court séjour.

ATHANAGHILD.

Laissez-moi quelque temps.

ANSOWALD.

Il suffit de ce jour;
Car depuis plus d'un an qu'à cet hymen on pense,
Tu dus prendre un parti. C'est ce qui nous dispense
D'engager les débats où cet objet conduit.

ATHANAGHILD.

J'avais tort. Vous saurez ma réponse aujourd'hui.
— Prenez quelque repos; moi, je vais donner l'ordre
Qu'on vous traite en amis.

Il va à droite, appelle un serviteur et lui parle bas.

LANDERIK.

Ansowald, quel désordre
En l'esprit du vieillard!

ANSOWALD.

Oui, j'ai vu qu'il pâlit
A ma voix.

ATHANAGHILD, *revenant vers eux.*

Venez tous, un repas, un bon lit
Vous attendent déjà.

SIGULF, *à Landerik.*

Vrai, cette politique
Me réjouit le cœur.

LANDERIK.

Te crois-tu donc étique?

SIGULF.

Après un tel voyage !

LANDERIK.

Allons, maître gourmand,
On a raison de toi pour un repas, vraiment.

Les ambassadeurs sortent par la droite.

SCÈNE IV.

ATHANAGHILD, *seul.*

D'un rang comme le mien, fatale servitude !
Ne pouvoir conserver ce que j'ai l'habitude
De chérir : une enfant qu'avec bonheur je vois
Grandir en ma vieillesse, et dont toujours la voix
Sait rompre mes ennuis, me charme et me soulage.
Dois-je voir mes enfants me fuir en leur bel âge,
Et porter loin de moi, quand un jour est venu,
Tout leur attachement qu'à peine j'ai connu ?
— Comme ma Brunehilde, oh ! si là-bas encore
L'attendait le bonheur ? — Mais non ! — Qui donc ignore
Que le roi Hilpérik n'a décelé toujours
Que les vices hideux dont il remplit ses jours ?
— Et ne serait-ce pas révolter la nature

Que jeter mon enfant sans remords en pâture
A ses sens affamés! — Quand loin de leurs parents
Elles trouvent la paix, mes chagrins sont moins grands
De voir pour être aimé partir tout ce qui m'aime;
Et je dévore enfin mes larmes en moi-même.
— Ah! Galeswinthe encor diffère de sa sœur
Comme la nuit du jour; qui serait possesseur
Sans la tuer bientôt de cette enfant si frêle?
Lorsque chacun a vu son cou de tourterelle
Pencher sous un baiser jusqu'à rompre souvent,
Comme un faible roseau sous le souffle du vent.
Tandis que Brunehilde, au mâle caractère,
Saurait dompter le Frank le plus dur de la terre,
Ses jours liés aux tiens ce serait ton trépas;
Non, Galeswinthe, non, tu ne partiras pas.
— Cependant Hilpérik, par nouvel héritage,
Se trouve mon voisin, et je sais qu'il partage
Contre les Goths la haine et le courroux des siens;
Qu'éveillant tout à coup nos différends anciens,
Rallumant dans les cœurs des haines mal éteintes,
Il peut bientôt porter de cruelles atteintes
Au royaume gothique et chasser de ce lieu
La paix et le bonheur par la guerre. — Envers Dieu
Comme de ceux des miens, ah! je suis redevable
Des maux de mes sujets. — O vie inconcevable!
Quand le père dit non, le souverain dit oui.
— Puis-je faire ce choix, sacrifice inouï,
De mes devoirs sacrés de monarque ou de père?
En l'un ou l'autre cas... — Non, d'autres voix, j'espère,

Viendront se faire entendre et donner à leur roi
Une décision qu'il ne peut prendre en soi.

Il va au fond et s'adresse à un serviteur qui est à la porte.

Dis aux leudes d'entrer ; je les attends de suite.

Entrent les Leudes.

SCÈNE V.

ATHANAGHILD, SES LEUDES.

ATHANAGHILD, *debout devant son trône.*

Écoutez bien ceci, fidèles de ma suite :
Aujourd'hui j'ai reçu de Hilpérik, roi frank,
Plusieurs ambassadeurs ; c'est pour offrir le rang
De reine à Galeswinthe. Or, vous savez, je pense,
Comment vit ce monarque ? et cela me dispense
De vous parler, amis, de ses vices ici.
Je poursuis ; car il faut que tout soit éclairci.
Les Franks, depuis longtemps jaloux de notre race,
Nous poussent vers le Sud ; et bien souvent la trace
De nos défaites fut celle de leurs exploits.
Où donc est-il ce temps où des pays gaulois
Quand un roi goth disait : Je le veux et j'ordonne,
On lui rendait hommage à Toulouse et Narbonne ?
Où près du nôtre enfin, de respect entouré,
Le nom du peuple frank était presque ignoré ?

Le malheureux combat de Vouglé, vingt victoires
De Chlodowig, des siens, telles sont les histoires
De nombre d'ans pour nous. A grand'peine à présent
Sommes-nous à l'abri du rôle malfaisant
Qu'adoptent à l'égard du royaume gothique
Les fils de ce grand homme avec sa politique.
Pourtant nous avons mis entre eux et nous des monts;
Nous sommes à Tolède. Eh bien ! nouveaux démons,
A leur esprit guerrier donnant libre carrière,
Ils franchissent parfois même cette barrière.
Le ciel, vous le savez, couronnant leurs efforts
De succès, les a faits trop souvent les plus forts.
Il faut donc s'allier ce qu'on ne peut pas vaincre.
Je l'ai fait une fois : on a dû se convaincre
Que j'avais réussi ; car Sighebert depuis
Me seconda toujours. Ce que j'ai fait, je puis
Le faire encore, amis, malgré ce qu'il m'en coûte.
Quel que soit votre avis, parlez, je vous écoute.

UN ANTRUSTION, *après s'être consulté avec ses amis.*

Et d'abord, ô grand roi, ton avis est prudent,
Et nous le partageons. Mais peut-on cependant,
S'il ne se purifie, agréer la demande
De Hilpérik ? — Oh ! non ; la raison nous commande
De le voir rompre avec un dégradant passé
Avant de l'écouter.

ATHANAGHILD.

Compagnons, j'ai pensé
Ceci comme vous tous ; et j'ai la joie en l'âme

De nous être compris sur ce point pour le blâme.
— Qu'on appelle les Franks, ils vont bientôt savoir
Quelle condition il est de mon devoir
De faire à leur demande.

Rentrent les ambassadeurs franks.

SCÈNE VI.

LES MÊMES, ANSOWALD, LANDERIK, SIGULF.

ATHANAGHILD.

Ambassadeurs, il semble
A mes antrustions, qu'autour de moi rassemble
Le sujet important qui vous amène ici,
Que nous sommes en droit, — c'est mon avis aussi, —
D'exiger, en retour de notre déférence
Aux vœux de votre roi, la formelle assurance
Qu'à ses vices honteux il renonce à jamais.
Vous m'avez entendu.

ANSOWALD.

Roi, je te le promets.
Et jusqu'ici d'abord excusez sa conduite ;
L'âme de Hilpérik, guerriers, était réduite
A chérir des objets indignes d'un roi frank,
Des servantes. S'il prend épouse de son rang

C'est qu'il veut vivre mieux. Il faut qu'on reconnaisse
Dans ses écarts aussi le feu de la jeunesse.
Il vient de renvoyer à son honteux emploi
La lite Frédégonde, et ne subit la loi
De personne à cette heure...

ATHANAGHILD, *allant pour parler.*

Ah!

ANSOWALD, *l'interrompant.*

Que j'achève encore.
Il donne les cités de Limoges, Bigorre,
Cahors, Bordeaux, Béarn, en don du lendemain
A ta fille dès qu'il aura reçu sa main.
Vous voyez que mon roi sait faire pénitence
De sa conduite.

ATHANAGHILD.

Si telle est son existence,
Je n'ai plus de motifs maintenant à surseoir,
Et ma fille avec vous devra partir ce soir.

A ce moment entrent par le fond et sans être vues des autres personnes, Galeswinthe et sa mère.

Voilà tout convenu.

Ils sortent tous.

SCÈNE VII.

GOISWINTHE, GALESWINTHE.

GALESWINTHE.

Qu'ai-je entendu, ma mère?
Combien cette promesse à mon âme est amère!
Partir, partir! — Pourquoi? Vraiment, je ne sais pas.
Quoi! porter loin d'ici, loin de vous deux mes pas.
Mais ne m'a-t-il pas dit ce matin : « O ma fille,
» Personne ne viendra désunir ma famille? »
O ciel! d'où peut venir un si prompt changement? —

Se jetant dans les bras de sa mère.

Mais j'ai mal entendu, n'est-ce pas?

GOISWINTHE, *pleurant.*

O tourment!
— Ma fille, veux-tu donc qu'excitant ta souffrance
Je vienne te ravir ta dernière espérance?

GALESWINTHE.

Ces étrangers qui l'ont retenu ce matin,
C'étaient les envoyés du roi frank. — O destin
Malheureux! faut-il donc qu'à ma mère on me prenne,

Et qu'on veuille à tout prix de moi faire une reine.
Je ne veux pas régner, je ne demande à Dieu
Que l'air pur du matin qu'on respire en ce lieu ;
Que l'amour si profond de ma mère et mon père,
Que le respect du pauvre, hélas ! qui désespère
Et que j'aime à panser lorsque sur mon chemin
Il gémit de sa voix en me tendant la main.
Des humaines grandeurs je redoute le faîte,
Plus que pour commander pour aimer je suis faite.
Sur quelque trône, au sein du bruit, pourquoi m'asseoir,
Quand je cherche le calme, et quand toujours le soir
J'aime à prier Dieu, seule, en ma chambre lointaine ?
Pourquoi m'offrir au loin une vie incertaine
Que remplit trop l'ennui, l'intrigue ou le tourment,
Alors qu'il ne me faut que le recueillement ?
Je suis heureuse ainsi ; pourquoi, malgré moi-même,
M'arrachant sans pitié des bras de ce qui m'aime,
Me vouloir élever jusqu'au trône d'un roi
Que je hais dans mon âme ? — Ah ! qui donc a ce droit ?

Elle pleure.

GOISWINTHE.

Le père disparaît parfois sous le monarque.
Pauvre enfant ! Ah ! voici longtemps que je remarque
Qu'il suffit d'un traité, d'un besoin de l'État,
Pour justifier sur notre cœur l'attentat
Qu'aujourd'hui sur le tien on est près de commettre.
Avant que de la sorte on en dispose en maître,
Il est des droits sacrés qu'on n'a pas consultés,

Et qui veulent pourtant, eux, être respectés ;
Or, ces droits parleront : ce sont ceux d'une mère.
Leur force, mon enfant, va, n'est pas éphémère ;
Tu verras quel obstacle ils sauront opposer
Aux vains projets des rois. — Qui donc pourrait oser
T'arracher de mes bras, enfant, quand je t'y presse ?

Elle presse sa fille sur son sein. — Entre Auderik.

SCÈNE VIII.

LES MÊMES, AUDERIK, *puis* ATHANAGHILD.

AUDERIK.

Il est temps de partir.

GALESWINTHE.

Déjà ?

GOISWINTHE.

Quand il se dresse
Devant moi le danger ne fait que m'affermir.

ATHANAGHILD, *entrant par le fond.*

Galeswinthe, on t'attend. —

GOISWINTHE.

Comment ? —

ATHANAGHILD.

Pourquoi gémir?
Il le faut.

GOISWINTHE.

Il le faut! — Est-ce là ton courage?
Athanaghild, crains-tu donc pas de faire outrage
Au serment prononcé par toi, dis, ce matin?

ATHANAGHILD.

Ne viens pas aggraver la douleur qui m'atteint
De reproches amers. Eh! mon Dieu, si je cède
Au roi frank le meilleur trésor que je possède,
Si, malgré mon amour, je quitte mon enfant,
Si je fais un marché dont mon cœur se défend,
Si je viole ainsi les lois de la nature,
Femme, penses-tu donc que ce soit sans torture?
Quand je quitte un printemps en ma vieille saison,
Quand je chasse la joie enfin de ma maison
Sans que rien ne remplace ici ma fille absente,
Vois-tu pas qu'un motif, nécessité pressante,
Ne pèse lourdement, lui, sur ma volonté?

GOISWINTHE.

Oui, ton amour se plie à la nécessité.
— Ah! j'ignore cet art d'aimer avec adresse;
Pour moi, je ne sais pas modérer ma tendresse.
Je ne sais pas non plus, par des raisons d'État,
En mon âme excuser un si lâche attentat.
Je ne sais pas, soumise à quelque fantaisie

D'un monarque étranger, alors qu'il l'a choisie,
Comme un hochet d'une heure en ses jours vicieux,
Vendre à ses sens ma fille, ange venu des cieux.
Oui, oui, c'est un marché pour éviter la guerre;
Ce sont distinctions que je ne comprends guère :
On lui donne ma fille, et lui vous rend la paix.
L'amour est digne, ô roi, de plus profonds respects;
L'amour ne se vend pas comme une marchandise.
— Je ne puis partager, guerrier, ta couardise,
Ma fille, je le dis, ne me quittera pas;
Car pour nous séparer il n'est que le trépas.
Je combats sans frayeur un insensé caprice;
Je garde mon enfant et que l'État périsse!

ATHANAGHILD.

Tu ne m'as pas compris, et ton discours moqueur
N'a fait qu'envenimer la blessure en mon cœur.
Pourtant je ne puis pas faillir pour te complaire
A mes devoirs de roi. — Mais, femme, la colère
Peut s'emparer de moi lorsque je vois ici
Mes chagrins paternels tous méconnus ainsi,
Que sans examiner en rien la circonstance
On me jette à la face une injuste sentence.
Ah ! je puis me servir de mon autorité. —

GOISWINTHE.

Ose-le.

GALESWINTHE, *se jetant entre eux.*

Mon départ doit-il être attristé

Par ces discussions ? — De ma terre natale
Si quelque circonstance imprévue et fatale
Exige qu'aujourd'hui je sorte à tout jamais,
C'est que le ciel le veut, et moi, je me soumets.
Mon père me chérit, et ce n'est pas sans larmes
Qu'il doit me voir partir. — Merci de tes alarmes,
Bonne mère, merci. Vous m'aimiez bien tous deux.
Si loin de vous m'attend un destin hasardeux,
Qu'en cette dernière heure ensemble je vous presse,
Vous partageant ainsi ma dernière caresse.

Ils se rassemblent tous trois.

ATHANAGHILD.

Auderik veillera sur toi dès le moment
Où tu nous quitteras.

AUDERIK.

Oui, j'en fais le serment.

GOISWINTHE.

O ma fille, je veux être encor ta compagne
Jusqu'aux monts où finit cette terre d'Espagne.

ATHANAGHILD.

Calme-toi, mon enfant, l'époux qui te reçoit
N'est pas tel qu'on le dit.

GALESWINTHE.

Mon Dieu, que cela soit !

Entrent les ambassadeurs et leur suite.

SCÈNE IX.

LES MÊMES, ANSOWALD, LANDERIK, SIGULF, SUITE.

ANSOWALD.

Tout est prêt maintenant.

GOISWINTHE.

Ah! quelle absence amère!

GALESWINTHE.

Dieu le veut, Dieu le veut, obéissons, ma mère.

Ils sortent tous par le fond.

SCÈNE X.

Soissons. — Le palais du roi. — Pièce où travaillent les lites.

FRÉDÉGONDE, INGONDE, BRODEUSES, *arrivant par le fond.*

INGONDE.

Qu'on se mette à l'ouvrage et sans perdre de temps.

Toutes les femmes s'asseyent et travaillent.

Frédégonde, d'où vient qu'à peine je t'entends
Parfois mêler ta voix aux gais accents des autres,
Et que tes mains sont plus habiles que les nôtres
A présent?

FRÉDÉGONDE.

J'ai compris qu'en ces lieux est mon rang.
Ah! si je fus un jour la femme d'un roi frank,
Ce fut dans ma jeunesse, en un jour de folie;
Et maintenant, allez, parmi vous je l'oublie.

INGONDE.

C'est parler sagement; car, vois-tu bien, l'amour
Des rois est passager.

FRÉDÉGONDE.

Il ne dure qu'un jour!
Aussi bien, franchement, moi, je n'étais pas faite
Pour gouverner les Franks, pour atteindre le faîte
Des honneurs d'ici-bas, un trône éblouissant.
Non, il faut se sentir dans les veines du sang
Tout royal, être issu d'une famille ancienne
Pour aspirer au trône. — Ah! la couronne est sienne
A la fille des rois qui, malgré ses aïeux,
Aux cris de nos guerriers tremble et baisse les yeux;
A cette enfant timide et née aux bords du Tage,
Qui ne reçut de Dieu que la crainte en partage.
La femme à la voix triste, au col plein de douceur,
Devait bien être un jour reine comme sa sœur

Ah ! j'ai tout préparé, mieux qu'on ne croit peut-être,
Pour qu'il en soit ainsi, mes sœurs, qu'il en doit être.

INGONDE.

Elle a bien des vertus. Depuis qu'elle est ici
Elle s'est fait chérir de tout le monde aussi.

Fanfares.

Tiens ! Hilpérik revient de la chasse.

Entrent par le fond Ansowald, Leudaste, Landerik, Auderik, Sigulf.

SCÈNE XI.

LES MÊMES, ANSOWALD, LEUDASTE, LANDERIK, AUDERIK, SIGULF.

ANSOWALD.

Eh bien ! comte
Leudaste, on rêve à Tours, et dans son âme on compte
Tout ce qu'on eut jadis. Il te faut l'oublier
Ce temps ; car Sighebert n'est pas près de plier
Sous le fardeau des ans..

LEUDASTE.

C'est en vain que je chasse
Ce penser, il m'étreint.

ANSOWALD.

Ah ! c'est juste, à la chasse,
Ami, tu paraissais triste comme le roi.

S'approchant de Frédégonde et de façon à n'être entendu que d'elle.

Il y cherchait quelqu'un, et ce quelqu'un c'est toi.

FRÉDÉGONDE, *à part.*

Ah ! je vais donc quitter cette imbécile engeance,
Et trouver à mes maux une digne vengeance !

Haut, à Ansowald.

Merci, je vais agir.

LANDERIK.

Hé ! Sigulf, à propos,
Pour chasser à présent tu sembles tout dispos ;
Tu le dois, j'en suis sûr, au voyage d'Espagne.

SIGULF.

Cela se pourrait bien, oui, je vous accompagne
A la chasse, au festin, sans être mal portant.

ANSOWALD.

Tu n'as guère maigri, comte Sigulf, pourtant.
— Auderik, que dis-tu, toi, d'une chasse franke?
Pas plus qu'en ton pays, va, le gibier ne manque
Ici.

AUDERIK.

C'est vrai.

ANSOWALD.

Par Dieu ! la Gaule a des forêts
Immenses, et c'est un beau pays.

AUDERIK.

Je n'aurais
Rien à dire à cela ; mais il faut qu'elle prenne
Pour orner son vieux sol chez les Goths quelque reine.

ANSOWALD.

C'est juste ; mais en Gaule, au sein de tous respects,
Vos filles sont toujours sûres de vivre en paix.

AUDERIK.

Si votre nation ne lui restait fidèle,
Il est un homme ici qui sait veiller près d'elle
Et suffirait sans doute à préserver le sein
De Galeswinthe, ami, de tout mauvais dessein,
Eût-il été conçu même par Frédégonde !
— Mais tout cela n'est pas, et chacun me seconde
Dans cette noble tâche.

ANSOWALD, *confidentiellement.*

Ami, quelque sujet
Moins belliqueux t'occupe, et si l'on en jugeait
Sur les dehors enfin —

AUDERIK.

Eh bien ?

ANSOWALD.

Eh bien ! je pense
Qu'à des soins empressés tu cherches récompense.

AUDERIK.

En effet.

ANSOWALD.

Compagnon, notre climat si froid
Enfante des objets qu'on aime, je le croi.

A ses amis.

— Hilpérik nous attend, amis, il faut nous rendre
Près de lui.

Bas à Frédégonde.

— Frédégonde à présent doit comprendre
Quel ennemi rencontre un projet triomphant ;
Car tu l'as entendu.

FRÉDÉGONDE.

Cet homme est un enfant.

ANSOWALD.

De plus je sais qu'il aime ici quelqu'un.

FRÉDÉGONDE.

Il aime ?

ANSOWALD.

Oui.

FRÉDÉGONDE.

Bien.

Ansowald et ses amis sortent. — A part.

Ah ! je sais qui, va, moi, sans stratagème.

INGONDE.

Cessez votre travail, c'est l'heure du repas.

Toutes les femmes suivent Ingonde, Frédégonde vient la dernière. Au moment où elle va pour sortir, Auderik la retient.

SCÈNE XII.

AUDERIK, FRÉDÉGONDE.

AUDERIK.

Ah ! je veux te parler, tu ne sortiras pas.

FRÉDÉGONDE.

Guerrier, que me veux-tu ? Je t'écoute en silence.

AUDERIK, *à part.*

Ciel ! elle m'interroge ! — Est-ce excès d'insolence
Ou de naïveté ? —

Haut.

Peux-tu m'interroger ?

FRÉDÉGONDE.

Je ne te comprends pas, vraiment, noble étranger.

AUDERIK.

Tu ne me comprends pas ! — Es-tu donc insensée ?

Quand vingt fois chaque jour, la poitrine oppressée,
Et la bouche fiévreuse, et le regard en feu,
Je te dis que je t'aime, à toi, femme, en ce lieu.
Car souvent déjà, moins que ma lèvre prudente,
Tes yeux ont dû le lire en ma prunelle ardente.
Quand sans autre motif ici je viens exprès,
Et toujours plus charmé, pour contempler tes traits.
Sans être prévenu, moi, lorsqu'en ton absence,
Et comme sous le poids d'une obscure puissance,
Femme, je vais vers toi sans me tromper jamais ;
Tout cela ne t'a-t-il pas dit que je t'aimais ?
— Toi qui peux tout à coup d'une pareille flamme
Jusqu'en ses profondeurs faire tressaillir l'âme,
Tu dois sentir l'amour dont tu deviens l'auteur,
Savoir que dès longtemps ton œil fascinateur
Exerça sur mon être un pouvoir invincible.
Tu ne me comprends pas, vraiment ? C'est impossible !
— Ah ! tu sais mon amour, et tu seras à moi.

FRÉDÉGONDE.

Oui, oui, je te comprends ; mais j'appartiens au roi ;
Car, vois-tu bien, je suis lite depuis l'enfance.

AUDERIK.

Je te demande à lui.

FRÉDÉGONDE.

S'il refuse ? —

AUDERIK.

L'offense

Sera bientôt vengée. — Oh ! je suis riche aussi ;
Je t'enlève et t'emmène en mes champs, loin d'ici.
Les miens t'obéiront, tu vivras sans entrave,
Femme, dans mon pays personne ne me brave.
Les leudes les plus grands à la cour des rois goths,
En terre, en serviteurs, me sont à peine égaux.

FRÉDÉGONDE, *à part.*

Cet homme m'appartient.

AUDERIK, *la prenant dans ses bras.*

Je t'aime à la folie.
Si tu veux, nous fuirons.

FRÉDÉGONDE.

Il se peut qu'on oublie
Ses serments loin d'ici.

AUDERIK.

Non, femme, jamais, non !

FRÉDÉGONDE.

Ah ! tu me haïrais si tu savais mon nom.

AUDERIK.

Pour troubler mon esprit, pourquoi ce stratagème ?...
Ce n'est pas un vain nom, mais toi, mais toi que j'aime.

FRÉDÉGONDE, *se dégageant de ses bras.*

Moi, je suis Frédégonde.

Elle sort, sans qu'Auderik qui reste interdit, songe à la retenir.

SCÈNE XIII.

AUDERIK, *seul.*

Eh quoi ! ce nom maudit,
Frédégonde ! — Oui, c'est bien ce nom-là qu'elle a dit.
— Quel nouveau sentiment en mon cœur vient de naître ?
Moi qui la haïssais avant de la connaître,
Je l'aime maintenant, je l'aime comme un fou ;
Pour elle je tûrais quelqu'un et n'importe où.
Elle dispose enfin de ma personne en maître,
Suivant qu'elle voudra ma main peut tout commettre.
— Ah ! j'ai lu dans ses yeux d'étranges voluptés,
Et mes pensers alors vers ce bonheur hâtés,
Par avance en moi-même en ont décrit l'ivresse.
Jamais je ne sentis au cœur tant d'allégresse.
De cet amour je veux plus que l'espoir aussi,
Plus que ce vain bonheur qui m'apparut ici.
Puisqu'au fond de mon âme elle parvint à lire,
Elle a vu qu'elle-même y porta le délire ;
Qu'à cette heure il me faut, puisqu'elle m'a compris,
Son amour tout entier, et quel qu'en soit le prix.
Malheur donc maintenant à l'être assez peu sage

Qui de ma passion obstrûrait le passage!
J'aurais pour lui mon fer aiguisé tout exprès.
Posséder cette femme, on peut mourir après !

Il sort.

FIN DU DEUXIÈME ACTE.

ACTE TROISIÈME.

ANGE ET DÉMON.

Soissons. — Une salle du palais. Porte au fond, portes latérales. — Meubles divers, siéges. — Un grand coffre à gauche.

SCÈNE PREMIÈRE.

HILPÉRIK, *seul. Il est assis près du coffre, dont le couvercle est levé, et y plonge de temps en temps la main pour en retirer divers objets.*

Quel trésor Galeswinthe en vivant sous ma loi
M'apporta ! — Que c'est beau ! — Sont-ils de bon aloi
Tous ces vases d'argent ?

Il sort un plat du coffre et l'examine attentivement.

— Oui, plus on l'examine,
Plus cet argent paraît pur. — Ils n'ont point la mine

A tromper, ces Goths; puis on ne me trompe pas,
Je m'y connais. — Vraiment, non, rien n'a plus d'appas
Que tous ces beaux métaux, et toute femme au monde
Auprès de ces objets me semble chose immonde.

Il sort des vases d'or et d'argent de toute espèce et les étale complaisamment sur une table.

C'est d'un beau travail. —

Les essuyant avec le bas de sa tunique ou son avant-bras.

Comme ils brillent à présent,
C'est à s'y mirer.

En prenant un dans chaque main.

Puis, chacun d'eux est pesant.

Sortant un vase de jaspe décoré d'or et de pierres précieuses.

— Celui-ci n'est pas mal; mais j'aime mieux les autres.

Il se lève et se promène un instant.

— Sur mon âme, ce sont des temps durs que les nôtres!
Voilà que notre fisc est appauvri, voilà
Que tous nos biens s'en vont aux églises! C'est là
Mon chagrin. On regarde ainsi que choses viles
Tous les rois; si ce n'est les évêques des villes,
Nul ne règne vraiment. — Tout ceci va fort mal.
Je mourrai de besoin comme un pauvre animal.
En ce coffre non plein à peine un sac étique
Çà et là se promène. — Ah! triste politique!

Il sort plusieurs sacs bien ventrus.

— Les morts doivent-ils donc appauvrir les vivants
Par les dons insensés qu'ils font tous aux couvents?
Ciel! où nous conduirait un semblable désordre?
— Malheur aux testaments qu'on fera sans mon ordre!

Ah! je les briserai sans pitié désormais.
Je crêrai des impôts, c'est un bon produit; mais
La seule bonne loi de l'époque romaine
Ici n'est pas aimée, et partout on malmène
Les percepteurs du fisc. — Bah! j'en aurai raison.
Je ne puis pas laisser s'appauvrir ma maison.

Il remet ses richesses dans son coffre.

S'ils ont à mon égard ces façons inciviles,
Je les ferai payer en dévastant leurs villes.
Oui, oui, mes bons guerriers leur feront bientôt voir
Que je n'exerce pas une ombre de pouvoir.
Ah! vous ne voulez plus être mes tributaires;
Mais je ne veux jamais, moi, faire d'inventaires
Tristes comme celui que j'ai fait aujourd'hui,
Et... —

Entre Ansowald. — Hilpérik sans regarder qui vient d'entrer.

Quelqu'un! —

Il serre précipitamment tout ce qui était resté sur la table dans son coffre, le ferme à double tour, se retourne, et, reconnaissant Ansowald, prend un air doux et indifférent.

SCÈNE II.

HILPÉRIK, ANSOWALD.

HILPÉRIK.

Ansowald, c'est toi. — Qui te conduit
Vers nous si matin?

ANSOWALD.

J'aime à te servir.

HILPÉRIK.

Fidèle
Serviteur, je pourrai te donner pour modèle
A tous les autres, va. —

ANSOWALD.

Mais... —

HILPÉRIK, *l'interrompant.*

Compagnon, eh bien!
Dis-moi, que devient-elle ?

ANSOWALD.

Elle? — Qui?

HILPÉRIK.

Tu sais bien.

ANSOWALD.

Je ne devine point.

HILPÉRIK.

Je connais ta prudence,
Je puis donc te livrer, ami, ma confidence.

ANSOWALD.

Sans craintes tu le peux.

HILPÉRIK.

Ah! croirais-tu ceci,

Je ne vis plus depuis qu'on l'éloigna d'ici.
L'étude ou le combat, rien ne m'en dédommage,
Toujours devant mes yeux je revois son image ;
Elle n'a pas cessé de posséder mon cœur.

ANSOWALD.

Roi, tu ne m'as pas dit... —

HILPÉRIK.

Est-ce un dessein moqueur ?

ANSOWALD.

Non, vraiment.

HILPÉRIK.

Pauvre esprit.

ANSOWALD.

Que le tien le seconde,
O mon seigneur.

HILPÉRIK, *hésitant.*

C'est... —

ANSOWALD.

C'est ?

HILPÉRIK.

Enfin, c'est Frédégonde.

ANSOWALD.

Un jour, roi, tu m'as dit : « Qu'elle reste en son lieu,
» Parmi les serviteurs. »

HILPÉRIK.

Ce n'est que trop vrai, Dieu !

ANSOWALD.

Et comme une servante enfin je la regarde
Depuis ce temps. Vingt fois, et sans y prendre garde,
Oui, je l'ai rencontrée, elle, sur mon chemin,
A quelque lourd travail prêtant sa blanche main.
Mais après tout cela me semble, à moi, fort juste,
N'étant pas comme nous de quelque race auguste.

HILPÉRIK.

Ansowald, c'est assez ; tu ne m'as pas compris.
Je l'aime, à son amour je mets le plus haut prix ;
Et si je l'ai quittée en un jour de folie,
J'ignorais qu'un amour comme le sien nous lie
A jamais ; j'ignorais alors qu'il pût avoir
Après si peu de temps sur moi tant de pouvoir.
Il en faudrait sentir la dévorante flamme
Pour comprendre, en un mot, quel regret j'ai dans l'âme.
C'est de l'or, voilà tout, que mon cœur se promit
En demandant la main de Galeswinthe, ami.
Je disais bonnement, je disais en moi-même,
Avec tant de trésors, une femme qui m'aime,
J'oublîrai pour toujours ma lite, c'est certain.
Eh bien ! non, elle m'est apparue un matin,
Je l'ai vue en un rêve, avec moi face à face,
Et depuis il n'est pas de jour que je ne fasse
Mille étranges projets pour nous unir tous deux.

Ce sont là, diras-tu, des plans bien hasardeux;
Mais à les éloigner vainement je m'efforce,
Sur moi je sens peser une invincible force.
Ah ! c'est que Frédégonde aime avec volupté,
Et Galeswinthe presque avec timidité !
L'une c'est le bonheur, c'est la joie en délire,
Et qu'en longs traits de feu dans son âme on peut lire;
L'autre, quand le plaisir illumine son front,
Un seul rire éclatant lui paraît un affront,
De tristesse sa joie à jamais est empreinte.
Plus qu'une épouse enfin, vois-tu, c'est une sainte.
Je viens te demander, en ce grand embarras,
Ansowald, le plus sage avis que tu pourras.

ANSOWALD.

Tu peux répudier Galeswinthe, il me semble.

HILPÉRIK.

Et sa dot ?

ANSOWALD.

La lui rendre.

HILPÉRIK.

Ah ! je veux tout ensemble
L'amour de celle-ci, la dot de celle-là.

ANSOWALD.

Le projet est adroit.

Entre Frédégonde.

Mais justement voilà
Quelqu'un qui mieux que moi fera réponse sage.

Hilpérik aperçoit Frédégonde et court vers elle. — Ansowald sort.

SCÈNE III.

HILPÉRIK, FRÉDÉGONDE.

HILPÉRIK.

Frédégonde.

FRÉDÉGONDE, *jouant la surprise.*

Ah ! le roi.

HILPÉRIK.

Je t'arrête au passage.

FRÉDÉGONDE.

Ah ! daigne m'excuser ; car je ne savais pas
Sur la trace des tiens, ô roi, porter mes pas.
Non, je l'eusse évité ; je sais que ma présence
Te gêne.

HILPÉRIK.

Non, jamais je ne sens plus d'aisance
Que lorsque je te vois.

FRÉDÉGONDE.

Pourtant tu défendis
Un jour qu'on te parlât de Frédégonde, dis.

HILPÉRIK.

Ah! je l'ai regretté, femme, avec amertume.

FRÉDÉGONDE.

Non, non, je le sais bien, moi, c'est là ta coutume
D'aimer.

HILPÉRIK.

Je te reviens tout à fait aujourd'hui.
Pourquoi, lorsque mon cœur est vers le tien conduit,
Lorsque t'aimant toujours de toi je me rapproche,
Ne pas faire de même et quitter tout reproche?

FRÉDÉGONDE.

Ah! que je t'aime encor, vraiment, y songes-tu?
Afin qu'en un accès de tardive vertu
Tu t'ailles demander s'il se peut bien que l'âme
D'un roi frank tel que toi pour sa lite s'enflamme;
Afin que ton amour vaincu par la raison
S'enferme en ton esprit comme en une prison,
Et qu'alors, me chassant du haut de ta puissance,
Tu dises bonnement, oui, sans reconnaissance,
Sans un mot de regret et sans un mot d'adieu,
Si l'on parle de moi : Qu'elle reste en son lieu.
O roi, ta passion est chose décevante,
Laisse-lui donc son cœur, à ta pauvre servante.
— Ah! que je t'aime, afin que tu songes encor
Que je n'apportai point en ton coffre un trésor;
Que n'ayant pas accru d'un denier ta fortune

Tu peux me chasser, moi, quand je suis importune,
Puisque tu n'auras rien à me rendre au départ.
— Et mon amour, ô roi, dont tu pris bonne part,
Tu n'y songes donc plus, pour toi, c'est chose vile ;
Je n'étais en tes mains qu'un passe-temps servile
Qui donne tout, à qui l'on ne doit rien jamais.
Et pourtant, le sais-tu, Hilpérik ? je t'aimais.
— J'ai chassé de mon cœur ton amour éphémère.

Elle va pour sortir; le roi la retient.

HILPÉRIK.

Si tu savais combien j'ai trouvé longue, amère,
Cette absence d'un mois où rien ne m'a distrait,
Ni fêtes au château, ni courses en forêt,
Tu ne me tiendrais pas cet outrageant langage.
O Frédégonde, écoute, écoute, je m'engage
A parler sans détours. — Quand je sentis plier
Mon cœur sous ton amour, je voulus t'oublier;
La reine ne pouvait remplir un pareil vide,
Mais je suis, tu le sais, de tout savoir avide.
D'abord j'étudiai, pour abréger le temps,
Nombre de saints canons, puis je fis par instants
Des vers latins qui tous laissent, par leur facture, —
Des évêques, amis de la littérature,
Me l'assurent, — bien loin ceux de Fortunatus.
Je pensais voir ainsi mes penchants combattus
Par ces travaux divers d'esprit ou de science.
Hélas! sans réussir, j'usai ma patience,
Ton image toujours à l'esprit me revint.

Bientôt je crus trouver un passe-temps moins vain :
Je frappai des impôts, j'augmentai ma fortune,
Puis là, seul, bien souvent, en quelque heure opportune,
De son coffre sorti, j'admirai mon trésor,
Le trouvai beau. Moyen inefficace encor !
Rien ne put égayer ma pauvre âme rebelle ;
Car, vois-tu, Frédégonde, il n'est que toi de belle,
Que toi seule, en un mot, qui sache me charmer.
Femme, je ne puis faire autrement que t'aimer.

FRÉDÉGONDE.

Je t'aime, Hilpérik ; oui, ta parole est sûre.
Mais comment veux-tu donc qu'ici je me rassure
Tant que dans ton amour enfin nous serons deux ?
C'est ne m'offrir là qu'un destin trop hasardeux ;
Quand je règne en un cœur, moi, c'est en souveraine.

HILPÉRIK.

De qui veux-tu parler ?

FRÉDÉGONDE.

De qui ? — Mais de la reine.

HILPÉRIK.

Je la hais. Sur mon cœur toi seule régneras.
Quand je cherche l'amour, femme, c'est dans tes bras.

Il l'attire à lui et l'embrasse. — Entre Galeswinthe.

SCÈNE IV.

LES MÊMES, GALESWINTHE.

GALESWINTHE.

Suis-je abritée ainsi sous ta foi protectrice?
Pour être délaissée à ton moindre caprice,
M'as-tu donc demandée en mariage, ô roi?
Pour toi, femme, ta place est ailleurs, je le croi.

FRÉDÉGONDE, *après avoir regardé Hilpérik qui, confus et interdit, reste silencieux, à part.*

O guerrier sans courage!

S'éloignant sur un geste et un coup d'œil impérieux de Galeswinthe, avec un sentiment de haine et de dépit.

Elle est la reine encore!

Elle sort.

SCÈNE V.

HILPÉRIK, GALESWINTHE.

HILPÉRIK, *à part.*

Que vais-je devenir?

Il va pour sortir, sa femme le retient.

GALESWINTHE.

Écoute-moi ; j'ignore
Si mon amour ne peut être compris du tien ;
Mais je sais que jamais de force on ne retient
Un cœur qui nous échappe et qu'on n'eut pas l'adresse
De fixer près de soi par aucune caresse.
Je ne... —

HILPÉRIK, *l'interrompant.*

Pourquoi viens-tu donc me parler ainsi ?
Quel chagrin t'ai-je fait ? — Elle passait ici ;
Je suis, tu le sais bien, d'humeur assez joyeuse,
Je la pris dans mes bras, et la belle rieuse
Un instant y resta, c'est vrai, je l'embrassai.
Eh, mon Dieu ! si quelque autre avait ici passé,
Sans plus songer à mal, je l'eusse fait de même.
Pour qu'autrement qu'un roi cette femme-là m'aime
Est-ce donc un motif?

GALESWINTHE.

O roi, pourquoi mentir ?
Je n'ai rien entendu ; mais à la voir sortir,
Pour le moins clairvoyant cette femme est coupable.

HILPÉRIK.

De te trahir, enfin, tu me crois donc capable ?

GALESWINTHE.

Sans te demander compte en rien de ton amour,

Écoute un seul instant, je parle sans détour.
Si tu ne me crois plus digne d'être ta reine,
Il vaut mieux, Hilpérik, qu'à l'instant je l'apprenne.
Sans réclamer la dot reçue avec ma main,
Ni même les cités, présent du lendemain,
Qui sont pourtant à moi sous peine du parjure,
Eh bien ! je m'en irai. Par le Christ, je te jure
De t'abandonner tout, tout sans exception,
Et d'aller vivre après, seule, en ma nation.
Accorde-moi cela, Hilpérik, je t'en prie,
Tout mon bonheur à moi réside en ma patrie ;
Là je ne suis pas reine, et je n'ai d'autre soin
Que celui de pourvoir à la vie, au besoin
De quelques malheureux. J'ai ma mère et mon père,
Et vivre à leurs côtés est tout ce que j'espère.
— Que ne m'accordes-tu cette grâce, ô mon roi ?

HILPÉRIK, *à part.*

Pour une jeune fille, ah ! le piége est adroit.
Je n'y tomberai pas.

Haut.

— O reine, es-tu donc folle
D'avoir tant de soucis d'une chose frivole ?
J'ai parlé franchement, tu n'as pas ajouté
Créance à mon discours. Que puis-je en vérité,
Que puis-je, si ce n'est, moi, d'attendre en silence
Qu'on me veuille écouter un jour sans violence ?

Il sort.

SCÈNE VI.

GALESWINTHE, *seule.*

O Dieu, c'est moi qui viens de recevoir l'affront,
Et c'est moi qu'on accuse et qui courbe le front!
Pour être malheureuse, hélas! suis-je donc née?
Me voilà maintenant de tous abandonnée...
Au départ j'en avais comme un pressentiment;
Oui, lui-même, Auderik, et malgré son serment,
Évite ma présence. En ce pays la reine,
Plutôt que Galeswinthe, est la femme qui traîne
Ses jours dans l'esclavage, et dont l'esprit ardent
Semble peser sur tous d'un fatal ascendant.
Parfois sous son regard d'une étrange puissance
Je suis contrainte, moi, presque à l'obéissance.
On m'a dit qu'il était en des pays lointains
Des reptiles hideux, et cependant certains
D'attirer, par leur œil qui charme et qui fascine,
Quelque innocente proie en leur gueule assassine.
O malheur! on dirait qu'à nous charmer ainsi,
Dans un but criminel, la lite réussit.
— Ah! je voudrais partir, je sens que si je reste
Elle aura sur mes jours quelque pouvoir funeste.

O toi, Dieu des chrétiens, dont j'embrassai la foi,
En mon isolement, ô mon Dieu, secours-moi.
En ce grand abandon où toujours on me laisse,
Contre de noirs desseins protége ma faiblesse ;
Car mon seul défenseur est pour eux aujourd'hui,
Auderik m'abandonne... —

Entre Auderik.

O bonheur ! non, c'est lui !

SCÈNE VII.

GALESWINTHE, AUDERIK.

AUDERIK, *à part avec dépit.*

Galeswinthe !

GALESWINTHE.

Ah ! combien mon cœur se rassérène
De te voir, Auderik ; tu ne fuis pas ta reine
Comme je le pensais, oh ! c'est bien, oh ! merci.
Fidèle ami, je suis bien malheureuse ici,
Et si je n'avais pas quelqu'un qui me soutienne,
Ni pour me confier d'âme comme la tienne,
J'en mourrais, c'est certain. Oh ! mais dorénavant,
Je t'en prie, Auderik, viens me voir plus souvent.

Parmi ces Franks grossiers tout ici nous rassemble,
De notre beau pays nous parlerons ensemble;
Et nous y reportant ainsi par nos pensers,
Les jours moins longuement pour nous seront passés.
Et je croirai parfois, bonheur bien qu'éphémère,
Entendre au loin la voix si douce de ma mère.
Je sens que j'ai besoin de ce plaisir trompeur. —
Puis, ami, le sais-tu? vraiment, ici j'ai peur.
Dans ces absences qui sans doute ont quelque excuse,
Eh bien! je suis injuste et souvent je t'accuse
Près de mes ennemis d'aller porter tes pas.
— Mais tu baisses les yeux et ne me réponds pas? —

AUDERIK, *balbutiant.*

O reine, c'est que — c'est —

GALESWINTHE.

N'use pas d'artifices.
Frédégonde, sur toi jetant ses maléfices,
A chassé de ton cœur vœux et serments anciens,
Et te compte à présent, guerrier, parmi les siens.
Oh! ta lâche action m'attriste et m'épouvante;
Près d'un fidèle ami de la belle servante
Je ne saurais rester de plus un seul moment. —

Elle s'éloigne.

AUDERIK, *allant pour la suivre.*

Pourtant —

GALESWINTHE, *le retenant.*

Songe au Seigneur et songe à ton serment.

Elle sort.

SCENE VIII.

AUDERIK, *seul.*

Mon serment ! mon serment ! — Ah ! mentir quand on jure!
Je suis un misérable et je suis un parjure.
Mais quelle circonstance au monde m'a réduit
À cet abject état où je suis aujourd'hui ?
Quel être me fit donc ainsi changer moi-même
Et causa mon parjure ? — Une femme que j'aime
Et que je haïssais. — Ah ! là-bas en jurant,
Je n'avais pas songé qu'un étrange tyran,
Dès ma présence ici, d'une flamme imprévue
Devait peser sur moi. Quand on ne l'a pas vue,
Cette femme, comment peut-on s'imaginer
Qu'elle aurait le pouvoir même de nous damner ?
— Quel que soit mon amour, pourtant il doit se taire,
J'ai juré devant Dieu, par un serment austère,
De protéger la reine. Hélas ! sans quelque effort
Je n'y parviendrai pas ; mais je suis homme et fort,
Et je triompherai de cet amour en germe.
Ah ! qui viendrait briser une volonté ferme
Qu'appuie un tel serment ? — Nul n'aura le pouvoir
De me faire manquer à mon plus saint devoir.

Afin qu'à l'avenir jamais je ne l'oublie,
Par un nouveau serment envers moi je me lie. —

Il étend la main.

Je tremble. — A son approche, oui, cette émotion
S'empare ainsi de moi toujours. — Damnation !
Malgré moi j'obéis à ce qu'il faut maudire.
O mon Dieu, la voici ; c'est elle ; que lui dire ?

Il reste anéanti. — Entre Frédégonde.

SCÈNE IX.

AUDERIK, FRÉDÉGONDE.

FRÉDÉGONDE, *à part.*

Nulle autre que la reine ici ne le retient ;
Mais je vais lui ravir, moi, ce dernier soutien.

A Auderik.

Ami, je t'attendais, ton inexactitude
M'afflige et me surprend. Quelle morne attitude !
As-tu donc éprouvé de terribles malheurs,
Dis, chère âme ? Pourquoi me dérober tes pleurs
Plus que tes ris ? Je dois partager l'un et l'autre ;
Auderik, ton chagrin comme ta joie est nôtre.
— Mais à quoi penses-tu, là, depuis un moment ?

AUDERIK, *d'une voix étouffée.*

Je pensais que je fis à Tolède un serment.

FRÉDÉGONDE.

Ou plutôt je m'abuse et je vois qu'on m'oublie ;
On mentait à mon cœur en me trouvant jolie,
Et quelque autre sans doute est venue en ce jour
Qui mieux que Frédégonde inspire de l'amour.
Pourquoi donc jetas-tu dans la paix de mon âme
Avec pareille audace et sans remords ta flamme ?
Pourquoi sur mon passage as-tu porté tes pas
Pour me parler d'amour ? Je ne te cherchais pas.
Ne te souvient-il plus enfin de ta conduite ;
A souffrir tes aveux comment tu m'as réduite ?
Comment tu fis surgir par ces aveux pressants
Des désirs inconnus en mon âme et mes sens ?
Comment en me parlant de volupté céleste
Tu versas dans mon cœur un poison si funeste ?
Et comment tu me vis, en un mot, partager
Tous les feux d'un amour pour toi seul mensonger ?
— Mais aussi c'est ma faute, en toi j'aurais dû lire
Les froideurs de ton âme auprès de mon délire ;
Et j'aurais dû penser dès ce premier retard
Qu'autant le mien est vrai ton amour est bâtard.

AUDERIK, *avec passion.*

Femme, je ne songeais qu'à toi seule, à toi-même ;
Et, femme, ange ou démon, tu vois bien que je t'aime !

Il sort en l'entraînant.

SCÈNE X.

La forêt de Cuise. — Une caverne taillée dans le roc. — Aspect sombre et sinistre. — Il fait nuit.

FRÉDÉGONDE, INGOBERGE, *arrivant par le fond.*

FRÉDÉGONDE.

Vieille Ingoberge, allons, que mes filtres secrets,
Mes charmes infernaux en un instant soient prêts;
Car j'attends, tu le sais, mes fidèles sur l'heure.
Leur dévoûment pour moi ne doit pas être un leurre ;
Et pour m'en assurer, plus que sur mes appas,
Je compte sur le vin puissant de nos repas.

INGOBERGE.

En est-il un qui puisse être à tes vœux rebelle,
Enivré de ce filtre, et près de toi si belle ?

FRÉDÉGONDE.

Me trouves-tu parée et jolie à ce point?

INGOBERGE.

Frédégonde, crois-moi, crois-moi, je ne mens point:
Vers le Rhin, où toujours mon esprit me ramène,
Dans nos forêts j'ai vu certaine elfe germaine, —
De ces belles enfants qui disent l'avenir, —
Personne mieux que toi ne me fait souvenir

De son front pur parfois, parfois plein de tristesse.
De notre vieux pays tu sembles prophétesse.

FRÉDÉGONDE.

Ah ! c'est bien. — Hâtons-nous d'achever ; les voici.

Pendant cette scène, et tout en parlant, elles ont préparé divers breuvages, puis elles ont garni une table de vases et de coupes. — Entrent les fidèles de Frédégonde.

SCÈNE XI.

LES MÊMES, ANSOWALD, LANDERIK, AUDERIK, LEUDASTE, JEUNES GENS.

FRÉDÉGONDE.

Vous êtes tous exacts, mes fidèles, merci.
— Prenez place aussitôt.

Ils s'asseyent autour de la table, Frédégonde prend la place du milieu.

Goûtez de ce breuvage,
C'est du vin, oui, mêlé d'une plante sauvage.

Elle verse, ils boivent.

LEUDASTE, *tendant sa coupe.*

Je le trouve excellent.

ANSOWALD, *de même.*

C'est vrai, foi de buveur !

AUDERIK, *de même.*

Il élève l'esprit.

LANDERIK, *de même.*

J'en prise la saveur.

TOUS, *de même.*

C'est vrai, c'est vrai.

FRÉDÉGONDE, *versant.*

Buvez ! —

Ils boivent.

Maintenant, je l'espère,

Vous m'allez écouter.

AUDERIK.

Dans ce sombre repaire

Nous sommes tous venus, et sans autre sujet.

FRÉDÉGONDE.

Écoutez en silence, et voici mon projet :
Chers amis, vous savez comment je devins reine,
Et comment il se fait aujourd'hui que je traîne
Mes jours dans la misère, après avoir atteint
Le but de mes désirs. D'un semblable destin
Une femme fut cause ; et tous, je le soupçonne,
Sans que j'en dise plus, vous nommez la personne.
Quand on m'a pris mon rang, qu'on a pu m'outrager
Ainsi, que dois-je faire à présent ?

LANDERIK.

Te venger.

FRÉDÉGONDE.

Se venger à qui porte une épée est facile;
Mais moi ?

AUDERIK.

Tu trouveras, femme, une main docile.

FRÉDÉGONDE.

La vengeance est terrible à de telles douleurs.
Ah! j'ai beaucoup souffert, j'ai versé bien des pleurs,
Il faut un beau triomphe à mes longues misères,
Et des larmes de sang à mes larmes amères.

TOUS.

Parle, tu les auras.

FRÉDÉGONDE.

L'adversaire est puissant,
Le projet périlleux.

TOUS.

Femme, à toi notre sang.

FRÉDÉGONDE.

Or donc, vous jurez tous, et qu'il vous en souvienne,
De me servir toujours, guerriers, quoi qu'il advienne.

TOUS, *se levant.*

Nous en faisons serment! nous en faisons serment!

FRÉDÉGONDE.

C'est tout ce que je veux de vous en ce moment.

Allez dans la forêt, quittez cette caverne,
Afin que les esprits du soir que je gouverne
Me puissent seconder. Vous reviendrez demain,
Et le sort parmi vous me choisira la main.

Ils sortent.

SCÈNE XII.

FRÉDÉGONDE, INGOBERGE.

FRÉDÉGONDE.

Ah! pour mieux m'assurer de leur obéissance,
Il me faut des boissons de plus haute puissance,
Et pour voir aboutir ma conjuration,
Tout mon savoir ici doit être en action.

La vieille se retire dans un coin et prépare des filtres.

— Venez à moi, venez, vifs esprits des ténèbres,
Complices assidus de mes projets funèbres,
Venez me voir encor, venez avant le jour;
Planez autour de moi, planez dans ce séjour,
Et que votre venin saturant ce breuvage,
Envers moi leur inspire un dévoûment sauvage!
Esprits, vous qui savez tout ce que j'ai souffert,
Venez me seconder dans cette œuvre d'enfer,
M'arrachant au pouvoir d'une indigne matronne,

Sur ce front qui l'avait, replacez la couronne!
— Mais j'entends bourdonner votre invisible essaim ;
Ah! vous accomplirez avec moi ce dessein,
J'aurai tout conjuré dans cette œuvre infernale,
Lorsque luira sur nous l'aube trop matinale !

FIN DU TROISIÈME ACTE.

ACTE QUATRIÈME.

UN PRINCE AVARE.

Soissons. — Une salle du château.

SCÈNE PREMIÈRE.

GALESWINTHE, HILPÉRIK, LANDERIK, *assis tous trois.*

HILPÉRIK.

Peux-tu douter encor de ma sincérité?

GALESWINTHE.

Hilpérik, j'étais folle, oui, folle, en vérité.
Ah! ce fut pour mon cœur une terrible épreuve;
Mais enfin aujourd'hui tu me donnes la preuve
D'un véritable amour ou d'un grand repentir.

N'est-il pas doux aussi, réponds-moi, de sentir
Qu'on partage un amour qui ne craint pas le blâme ?

HILPÉRIK.

Me le demandes-tu, belle reine, chère âme ?

GALESWINTHE.

Tes torts à mon égard, va, sont tous expiés
Quand je te vois assis maintenant à mes piés.
Si tu savais, ô roi, quelle joie imprévue
Je ressens quand je porte autour de moi ma vue
Et que je vois briller le bonheur sur tes traits,
Jamais à l'avenir tu ne t'éloignerais
De moi, jamais non plus quelque triste colère
Ne troublerait le calme où je veux me complaire.
Les miens m'ont tant aimée, et dès mes jeunes ans,
Que les moindres chagrins, pour moi toujours cuisants,
Comme un poison mortel s'épandent sur ma vie :
L'amour, l'affection, voilà ce que j'envie.
Quand ils sont partagés l'un et l'autre avec moi,
Je ne sais rien de plus et suis heureuse, ô roi.

HILPÉRIK.

Tu me combles de joie à présent, belle reine.
Si tu veux, nous irons voir mon château de Braine
Ensemble, et chevauchant côte à côte aujourd'hui,
Fiers de notre bonheur.

GALESWINTHE.

Le projet me séduit,
J'accepte.

HILPÉRIK.

Alors va donc revêtir un costume
Qui te garde du froid.

GALESWINTHE.

J'y vais.

Ils se lèvent tous trois. — Hilpérik embrasse Galeswinthe qui sort aussitôt.

SCÈNE II.

HILPÉRIK, LANDERIK.

HILPÉRIK.

Je m'accoutume
A ma femme assez bien, tu le vois.

LANDERIK.

Certe, assez.
Mais, très-excellent roi, d'après ce que je sais,
D'après ce qu'on m'a dit, ce n'est pas sans surprise
Que de la reine ici je vois ton âme éprise.
Non que je veuille en rien là-dessus te blâmer,
Notre reine est jolie, et tu la peux aimer.

HILPÉRIK.

Parles-tu sans détours ?

LANDERIK.

Oui, vraiment, par ma mère !

HILPÉRIK.

Cher Landerik, l'amour serait bien éphémère,
Tu peux m'en croire, va, s'il ne durait pas plus
Que le mien d'aujourd'hui. — Point de mots superflus,
Plus que jamais l'amour vers la lite m'entraîne,
Et je feignais ici pour abuser la reine.
Il paraît, mon ami, que je feins comme il faut,
— Tant mieux, — car j'ai trouvé ton esprit en défaut.

LANDERIK.

C'est vrai.

HILPÉRIK.

J'en ai trompé bien d'autres, c'est notoire.
Mais écoute un moment, écoute bien l'histoire :
Avec Frédégonde hier la reine me surprit ;
Je cherchai tout d'abord, et sans perdre l'esprit,
A me disculper, mais elle fit sourde oreille ;
Jamais je n'avais vu ténacité pareille.
Enfin elle me dit qu'à la laisser partir,
Quand je ne l'aimais plus, je devais consentir ;
Qu'elle me quitterait sans que j'aie à lui rendre
Ni sa dot, ni mon don du lendemain.

LANDERIK.

Comprendre
La chose ainsi, me semble à moi fort bien.

HILPÉRIK.

D'accord.

Mais juge sainement, écoute bien encor.
Crois-tu que sans regrets, réponds, on abandonne
Tant de belles cités qu'une union nous donne,
Un trésor qu'avec peine aussi l'on amassa ?
Réponds-moi franchement : est-ce que tu crois ça ?

LANDERIK.

Non.

HILPÉRIK.

Le ferais-tu ?

LANDERIK.

Non.

HILPÉRIK.

Eh ! n'est-ce pas folie
Que de croire un moment qu'une personne oublie
Jamais un tel trésor ? — Landerik, un enfant
Qui possède un denier, on le voit, le défend.
— Si ce n'est pour ruser agit-on de la sorte ?
C'est une embûche. Aussi pour ne pas qu'elle sorte
De ce pays, j'ai feint, plus qu'on ne pense adroit,
De l'aimer tendrement, et la reine me croit.
Ami, par ce moyen, j'empêche qu'on ne vide
Mon coffre d'un trésor dont ma femme est avide.

LANDERIK.

Près de toi sans l'aimer rives-tu donc ses pas?

HILPÉRIK.

Pour un jour? mais après? —

LANDERIK.

Je ne te comprends pas.

HILPÉRIK.

Quand on n'empêche rien et qu'on sait, on seconde;
Pour me sortir de là j'espère en Frédégonde.

LANDERIK.

Je comprends.

HILPÉRIK.

Sois moins lourd d'esprit dorénavant.

Rentre Galeswinthe en costume de voyage, Hilpérik l'aperçoit.

SCÈNE III.

LES MÊMES, GALESWINTHE.

HILPÉRIK, *bas à Landerik.*

Chut! chut!

Très-haut.

Ami, je veux élever un couvent;
Choisis-moi l'architecte, et qu'il se trouve habile;
Car je ne veux pas, moi, d'un bâtiment débile

Que la moindre tempête ait pouvoir d'effondrer.
Va, plus tard tu viendras avec lui m'en montrer
Tous les plans. —

GALESWINTHE.

Ah ! c'est bien.

HILPÉRIK.

Ce n'est rien. —Mais pardonne
Si tu m'as attendu. —

A Landerik.

Fais ce que je t'ordonne.

A Galeswinthe.

— Es-tu prête ?

GALESWINTHE.

Oui.

HILPÉRIK.

Partons.

Ils sortent tous deux.

SCÈNE IV.

LANDERIK, *seul.*

O roi, je t'obéis.
Maintenant je suis sûr que jamais son pays
Ne reverra la reine. Il s'obscurcit, son astre,
Et tombera bientôt au milieu d'un désastre

Si grand que la raison à peine le conçoit.
Que m'importe après tout? il faut que cela soit,
De la lite et du roi que le vœu s'accomplisse,
Et qu'ici je demeure, en un mot, leur complice.
Ah! pourquoi cette enfant, sur des bruits incertains,
Vint-elle en nos pays chercher d'autres destins?
Pourquoi voulut-elle être une grande princesse?
Comme il naquit l'amour du maître aujourd'hui cesse;
Comme plaisait la reine une autre femme a plu:
Qu'il en soit donc ainsi que le sort l'a voulu.
— Mais lorsqu'on doit choisir la cause d'une d'elles,
La servir de son bras au sein de leurs fidèles,
Entre l'astre qui brille et celui qui pâlit,
Entre la femme altière et dont l'œil ardent lit
Dans notre âme, et la femme, à la paupière humide,
Qui toujours à l'aspect des guerriers s'intimide,
Celle dont les beaux traits rappellent à nos cœurs
Notre vieille patrie et nos aïeux vainqueurs,
Et l'autre au maintien frêle, à la marche romaine,
Est-ce à moi d'hésiter? — Non, l'instinct me ramène
Sans que j'y songe même à la fille des Franks.
Puis je ne sais pourquoi; mais enfin je comprends
Pour elle l'avenir le plus digne d'envie,
Il me semble que tout doit briller dans sa vie,
Qu'élevant leur pouvoir, et par tous les moyens,
Un jour elle sera l'orgueil des Neustriens.
C'est pourquoi je la sers, et c'est pourquoi je l'aime,
Malgré sa vie étrange, et dont tout est problème.

Entre Frédégonde.

SCENE V.

LANDERIK, FRÉDÉGONDE.

FRÉDÉGONDE.

En quel état d'esprit as-tu trouvé le roi?

LANDERIK.

Du soin de tout finir il s'en remet sur toi :
« Quand on n'empêche rien et qu'on sait, on seconde ;
» Pour me sortir de là j'espère en Frédégonde, »
A-t-il dit.

FRÉDÉGONDE.

Je comprends, Hilpérik est de ceux
Que toujours pour agir on trouve paresseux.
Incertaine parfois, et trop souvent débile,
Son âme a grand besoin qu'un esprit sain, habile,
Énergique et constant la vienne diriger.
Aux mâles actions ce roi reste étranger,
Et nous le comparer serait nous faire outrage :
Des desseins qu'il médite il n'a pas le courage.
Il a trompé sa femme avec son amour feint,
Et sans qu'on me l'ait dit je le savais. Enfin
Il quitte en ce moment Soissons avec la reine,
Suivons-les donc sur l'heure au domaine de Braine,
Là, tu commanderas en ton nom, pour ce soir,

Un repas où le roi viendra bientôt s'asseoir.
Au milieu du festin, avant que nul ne sorte
De table cependant, tu devras faire en sorte,
Ami, de te trouver au rendez-vous des miens.
Pour agir vous saurez là mes derniers moyens.
Et là le dévoûment, le sort ou le suffrage
Désignera la main qui doit finir l'ouvrage.
Partons.

LANDERIK.

Mais —

FRÉDÉGONDE.

Qu'est-ce encor? — Parle, parle.

LANDERIK.

Voici.
Femme, une fois déjà je t'ai priée ici
D'agréer mon amour comme une récompense.
A mon long dévoûment tu te souviens, je pense,
De ce que tu m'as dit. Ce temps était celui
De ta peine ; depuis des jours meilleurs ont lui :
Des tiens aidée, après une adroite manœuvre,
Tu vas régner bientôt et poursuivre ton œuvre,
Et forcer au silence un peuple d'ennemis.
Pour moi, depuis longtemps à tes ordres soumis,
Je crois le jour venu, quoique tout-puissant comte,
De te dire à tes pieds : Daigne m'aimer, et compte
Que tu me répondras.

FRÉDÉGONDE.

Mais le roi?

LANDERIK.

Les appas
Du trône ont pu te plaire ; oui, mais tu n'aimes pas
Notre roi Hilpérik. — S'il ne voit pas ta ruse,
O femme, comme lui crois-tu que je m'abuse ?
Non, j'ai tout découvert.

FRÉDÉGONDE.

Et comment ?

LANDERIK.

Je le sais ;
A quoi sert de nier ?

FRÉDÉGONDE.

Lève-toi, c'est assez.
— Sais-tu ce que contient de peines ta demande,
Sais-tu quels jours mon rang usurpé me commande ?
Si tu penses, ami, qu'après avoir atteint
Le trône je possède un paisible destin ;
Si tu penses qu'en paix je dois passer ma vie,
Que la douleur alors à tout jamais ravie
A mon âme éprouvée, heureuse et sans désir,
Je n'aie à m'occuper que de mon seul plaisir ;
Qu'à l'abri de l'orage, en un mot, ma fortune
Se consolide ici jusqu'à m'être importune ;
Si tu penses cela, quelle erreur tu commets !
— Ah ! le repos pour moi doit-il venir jamais ?
— Vraiment, mon pauvre ami, je te crois en démence.
— Mais tu ne sais donc pas que la lutte commence,

Qu'à peine en ce moment nous sommes au début,
Et que sans m'arrêter j'irai droit vers mon but?
Tu ne prévois donc pas que dès demain l'orage
Va mugir contre nous, que de longs cris de rage
Vont s'élever peut-être, et jusqu'en ce palais
Viendront nous insulter au sein de nos valets?
Qu'après être montée au trône par adresse
Je devrai le défendre ainsi qu'une tigresse
De ses ongles défend sa proie ou ses petits?
— Guerrier, tu ne sais pas, va, je t'en avertis,
Que je puis en luttant trébucher sur ma route,
Et comme le succès rencontrer la déroute.
Dans l'avenir pourtant quel que soit mon destin,
Tant que je n'aurai pas mortellement atteint
Mon dernier ennemi, crois-tu que je m'arrête?
Non, non, j'ai tout prévu, dès ce jour j'y suis prête:
Malheur! malheur à qui barrera mon chemin!
Je n'aurai, sois-en sûr, dans le cœur rien d'humain,
Jusqu'au jour où, de gloire ici resplendissante,
On n'aura qu'à bénir ma main toute-puissante,
Où tous les leudes franks se courbant à mes piés,
Les maux que j'ai soufferts pourront être expiés;
Enfin où je verrai mon dernier adversaire
Frappé du skramasax de mon dernier sicaire.
— Sais-tu bien tout cela quand tu viens sur mes pas
Me parler d'amour vrai; — car, toi, tu ne veux pas,
J'en suis certaine, ami, de cet amour frivole
Fait pour armer un bras et qui toujours s'envole
Quand au but qu'on désire on voit le bras conduit.

Non, l'amour dont tu viens me parler aujourd'hui
Doit être plus durable et de ceux qu'on estime.
— Ah ! oui, j'aurai besoin d'un conseiller intime,
D'un amant dévoué qui connût mes secrets,
Et dont les bras toujours, tu m'entends, fussent prêts
A les exécuter. Car je veux qu'on s'applique
A m'obéir ainsi sans faire de réplique.
— Ah ! pour que j'aime il faut un entier dévoûment,
Devenir en mes mains un docile instrument,
Rompre toute amitié, fût-elle même ancienne.
En ce cas je voudrais qu'on me donnât la sienne
Entière, et je serais jalouse d'une sœur.
Voilà ce qu'il faudrait pour être possesseur
D'un amour qui n'est pas chose vaine et futile.
On se ferait aimer en se rendant utile ;
Mes desseins sur un mot devraient être compris,
Et ce serait payer mes feux d'un faible prix.

LANDERIK.

Eh bien ! je suis cet homme ; oui, je me sens capable
De cet étrange amour.

FRÉDÉGONDE.

Ne sois jamais coupable
Envers moi d'inconstance, ou, vois-tu, sans mentir,
Je ne t'offrirai pas le temps du repentir.
— C'est l'heure de marquer le premier pas ensemble
Sur la voie où l'amour désormais nous rassemble.

Ils sortent.

FIN DU QUATRIÈME ACTE.

ACTE CINQUIÈME.

LE SICAIRE.

La forêt de Cuise. — La caverne occupant la moitié de la scène, une partie de la forêt l'autre moitié. — Grands arbres, rocs, site sauvage. — Orage.

SCÈNE PREMIÈRE.

FRÉDÉGONDE, AUDERIK, LANDERIK, LEUDASTE, ANSOWALD, JEUNES GENS; *tous assis autour d'une table.*

FRÉDÉGONDE.

Ne prolongeons pas trop dans la nuit ce festin,
Je veux être vengée avant demain matin;
Puis il faut qu'on ignore ici notre présence.
Aussi bien, maintenant, je puis avec aisance

Vous révéler à tous, sans craintes, mon secret.
Sur l'heure à m'obéir chacun de vous est prêt.
Je ne redoute pas que devant moi se dresse
L'infâme trahison ; je dispose en maîtresse
De vos âmes à tous, à tous jusqu'à demain.
Il s'agit donc, amis, de connaître la main
Qui de la reine doit arrêter l'existence.

TOUS, *se levant.*

Moi ! moi !

FRÉDÉGONDE.

Vous connaissez, fidèles, ma sentence ;
Pour m'en choisir le bras je m'en remets au sort.

AUDERIK.

Jamais ! — Si quelque nom autre que le mien sort
De l'urne, sur mon âme, il faut que l'on apprenne
Que ce poignard, avant d'aller frapper la reine,
De l'homme désigné saura trouver le cœur.
Croyez-moi, compagnons, qu'un sourire moqueur
N'accueille pas ici mon discours ; non, l'outrage
Serait bientôt puni. —

Éclairs, tonnerre.

Vous entendez l'orage ;
Oui, eh bien ! ma colère est au même unisson.
Mieux vaut, je vous le dis, laisser ainsi qu'ils sont
Les faits que me pousser, en m'excitant encore,
A des emportements dont moi-même j'ignore
Les tristes résultats. A moins que le trépas
Ne m'arrête en chemin, je ne souffrirai pas

Qu'on m'enlève ce qui sera la récompense
D'un pareil dévoûment. — J'ai tout dit, qu'on y pense.

Arrive dans la forêt Sigulf. — Il est ivre et marche en trébuchant.

SCÈNE II.

LES MÊMES, *dans la caverne;* SIGULF, *en dehors.*

SIGULF.

Où donc est le palais? — Quel orage, grand Dieu! —
Où suis-je donc ici? — Quel triste et sombre lieu!

Regardant de tous côtés.

— Je me suis égaré, — c'est vrai, — la chose est sûre. —
Quel silence de mort! — Ah! rien ne me rassure
Ici. — Mais il me semble entendre quelqu'un là.

Il s'approche de la porte de la caverne.

FRÉDÉGONDE.

Amis, j'ai réfléchi. Vous m'entendez, voilà
De quoi concilier tout le monde, il me semble.

LANDERIK.

Ton avis est le nôtre.

SIGULF.

Ils sont plusieurs ensemble.
— Que font-ils là dedans?

FRÉDÉGONDE.

Auderik au début
Devra tout essayer ; mais s'il manque le but,
Un autre s'armera pour tenter, lui deuxième,
D'accomplir mon projet. Ainsi jusqu'au douzième
Chacun, s'il le fallait, essaîrait à son tour
De frapper la reine.

TOUS.

Oui.

FRÉDÉGONDE.

Mais je doute qu'autour
D'elle on veille si bien que rien de ce qu'on fasse
La force à se trouver douze fois face à face
Avec douze des miens.

SIGULF, *entre les dents.*

O ciel, douze assassins !

TOUS.

Nous jurons tous ainsi d'accomplir tes desseins !

SIGULF, *s'oubliant.*

Grand Dieu ! qu'ai-je entendu ?

FRÉDÉGONDE.

Quelle est cette parole ?
Voyez.

Ils se précipitent tous vers la porte. — En les voyant apparaître Sigulf tombe à genoux tout épouvanté.

SIGULF.

Grâce, pardon.

LANDERIK.

Est-ce chose frivole
Que venir écouter ce qui se passe ici ?

SIGULF.

Pitié.

LEUDASTE.

C'est imprudent.

ANSOWALD.

Frappons, point de merci.

Tous frappent Sigulf de leur poignard ; il tombe.

AUDERIK.

Le silence des morts est le seul véritable.

FRÉDÉGONDE.

Éloignons-nous, le roi nous attend tous à table.

Ils s'éloignent après avoir fermé la caverne.

SIGULF, *d'une voix faible.*

Ah ! je meurs loin de tout religieux secours,
Remets-moi les péchés que j'ai faits dans le cours
De ma vie, ô Dieu ; sur ma couche moribonde
C'est en toi seul que j'esp... —

Il meurt. — Arrive Théodebald, ivre aussi.

SCÈNE III.

THÉODEBALD, SIGULF, *mort*.

THÉODEBALD.

Hé! Sigulf, on débonde
Une nouvelle tonne. — Où diable es-tu passé?
De fuir notre repas étais-tu si pressé?
— Depuis longtemps je cours et j'erre à l'aventure
Dans la forêt sans voir humaine créature.
— Mais de courir les champs, drôle d'idée aussi!
A cette heure. — Holà! hé! n'es-tu donc pas ici?
— On n'a pas répondu, non, je n'entends personne.

Trébuchant dans le corps de Sigulf.

Quelqu'un? Tiens, qui dort là? — Par le ciel, je soupçonne
Que ce doit être lui. — Réveille-toi, l'ami,
C'est moi, Théodebald. — Il est bien endormi.
— Te serais-tu cassée en tombant, grosse tonne?
— Il ne me répond pas, vraiment, cela m'étonne.

Il se baisse et le secoue.

— Ah! voyons. —

Se relevant et considérant sa main.

Qu'est cela? — C'est du vin. —

La portant à son nez.

Non, du sang.

Recouvrant sa raison.

Un crime s'est commis, un crime, Dieu puissant!

Se tournant vers le corps de Sigulf.

— Que Dieu garde ton âme, et pour moi, qu'il m'assiste;
En ce carrefour-ci quelque mystère existe.

Il se sauve en se signant.

SCÈNE IV.

Le palais de Braine. — A gauche, et prenant les deux tiers de la scène, la salle du banquet : table surabondamment servie, plats énormes et nombreux, coupes de même, aux quatre coins de la salle un tonneau où les serviteurs vont souvent remplir de grands vases. Fenêtres au fond. Une porte à gauche, une autre à droite donnant sur le péristyle. — A droite un péristyle sur lequel donne, outre la porte de la salle du banquet, un escalier qui conduit au premier étage. — Au premier étage une chambre ; fenêtre au fond, portes latérales, à gauche un lit caché par des rideaux : prie-Dieu, siéges. — Pendant tout le reste de l'acte l'orage continue à gronder. Des éclats terribles viennent parfois se mêler à la joie bruyante du festin, à la prière de Galeswinthe et à l'entretien de celle-ci avec Auderik.

HILPÉRIK, AUDERIK, ANSOWALD, LANDERIK, LEUDASTE, FRÉDÉGONDE, AUTRES CONVIVES, *dans la salle du bas.*

HILPÉRIK.

Ah! gais compagnons, j'aime à vous revoir toujours
A table à mes côtés. Ma foi, depuis huit jours

J'avais jeûné, vrai Dieu ! C'est beaucoup, ce me semble ;
Moi, qui désirerais qu'un long repas ensemble
Nous retînt bien gaîment jusqu'au jour de la mort.
Aussi, je vous le dis, j'en avais grand remord,
Et j'en veux aujourd'hui faire ma pénitence.
— Mais où donc est Sigulf ? Il manque à l'assistance
De tous les grands buveurs. — Qui peut l'avoir distrait
Du repas ?

Pendant ces dernières paroles entre Théodebald.

SCÈNE V.

LES MÊMES, THÉODEBALD.

THÉODEBALD.

Ah ! Sigulf est mort dans la forêt.

FRÉDÉGONDE, *à part.*

Saurait-il quelque chose ?

HILPÉRIK.

Hé ! l'ami, tu veux rire ?

THÉODEBALD.

Non, très-excellent roi. Je ne saurais décrire
La terreur dont mon cœur fut plein à cet aspect,
Quelque monstre inconnu sans doute se repaît

De crimes en ce lieu fatal et solitaire ;
Car bien souvent déjà le matin sur la terre
On a trouvé des morts ou des taches de sang ;
De ces crimes enfin chacun semble innocent,
On n'en peut accuser qu'un pouvoir satanique...

Il se signe, tous l'imitent. — Crainte générale.

FRÉDÉGONDE, *à part.*

Cet homme ne sait rien.

HILPÉRIK, *cherchant à dissimuler son effroi.*

Quelle étrange panique
Tu jettes sur ma fête. — Or çà, vous avez peur,
Imagination, rêve, conte trompeur
Que tout cela ! Buvez et chassez cette crainte ;
Chantez donc, soyez gais, voyons, pas de contrainte,
Imitez votre roi. Mais pour ne pas frémir,
Répétez avec moi le chant de Markomir !

Il chante.

I.

Ah ! c'était un roi véritable
Que Markomir qui sur sa table
Faisait servir des bœufs entiers.

CHŒUR GÉNÉRAL.

Faisait servir des bœufs entiers.

HILPÉRIK.

Son peuple, toujours son convive,
En le voyant disait : Qu'il vive !
De ses vingt mille accents altiers.

CHŒUR.

De ses vingt mille accents altiers.

HILPÉRIK, *élevant sa coupe.*

Compagnons, à sa gloire !

TOUS, *l'imitant.*

A sa gloire, c'est juste.

Ils boivent. — Arrivent du dehors Galeswinthe et une suivante.

SCÈNE VI.

LES MÊMES, GALESWINTHE, UNE SUIVANTE *sous le péristyle.*

GALESWINTHE.

Ciel ! Hilpérik se livre avec ceux de sa truste
A ces plaisirs grossiers qu'il m'avait tant promis
De fuir à tout jamais ! — Et je suis sans amis,
Et je ne puis lutter contre une destinée
Pleine de tous les maux. — Pourquoi donc suis-je née,
Dieu tout puissant ?

Elle commence à gravir l'escalier.

FRÉDÉGONDE, *qui n'a pris qu'une médiocre part à la joie des convives, est restée près de la porte de droite, prêtant l'oreille à tous les bruits ; elle l'entr'ouvre à ce moment et aperçoit la reine, avec une joie sauvage.*

C'est elle !

A Auderik.

Auderik, tiens-toi prêt.

AUDERIK.

O femme! leurs clameurs, va, ne m'ont point distrait
Du but où nous marchons, vengeance qui t'est due.
— Elle vient d'arriver, je l'ai bien entendue.

Pendant ce temps Galeswinthe et sa suivante sont montées dans la chambre.

GALESWINTHE, *à sa suivante.*

Maintenant laisse-moi, je n'ai besoin de rien.

La suivante sort par la gauche.

A-t-il pu me tromper par ce grossier moyen?
Doit-on croire aux serments de cette âme perverse?
— Est-ce assez de douleurs et de larmes qu'il verse
Sur mon âme éplorée et sur mon pauvre cœur?
Il semble en ce moment qu'une amère liqueur
Du sang de mes aïeux a pris place en mes veines,
Tant à chasser mes maux je vois mes forces vaines!
— La prière peut seule apporter à présent,
Parmi tant de chagrins, un calme bienfaisant.

Elle s'agenouille.

HILPÉRIK.

J'achève mon vieux chant.

II.

Soit que l'orage gronde ou tonne,
Faisant défoncer une tonne,
A tous ce roi disait : Buvons!

CHŒUR.

A tous ce roi disait : Buvons!

HILPÉRIK.

Faisons de même sorte.

Ils boivent.

FRÉDÉGONDE, *à Auderik.*

Leur trouble est à son comble. —

AUDERIK.

Il est temps que je sorte.

Il sort. — Frédégonde demeure entre la porte laissée entr'ouverte. — Auderik monte lentement l'escalier et arrive bientôt dans la chambre de Galeswinthe.

GALESWINTHE, *seule encore et agenouillée.*

Ah ! faut-il que leurs chants m'atteignent jusqu'ici
Et mêlent le blasphème à tous mes vœux ainsi ?
Tu le vois, entre toi, Seigneur, et ma prière,
Ils osent élever une impure barrière.

Entre Auderik sans qu'elle le voie.

SCÈNE VII.

En haut, GALESWINTHE, AUDERIK ; *en bas*, LES AUTRES PERSONNAGES.

AUDERIK, *à part.*

Elle prie, — on dirait qu'elle attend le trépas.

FRÉDÉGONDE, *à part.*

Ce moment dure un siècle. — Enfer ! je ne vis pas.
— Leur bruit me ravit tout. — Oh ! quelle incertitude !

GALESWINTHE, *se relevant et apercevant Auderik.*

Auderik ! ô grand Dieu !

AUDERIK.

C'est moi.

GALESWINTHE.

Ton attitude
Me fait peur. — Auderik, que viens-tu faire ici ?

AUDERIK.

Te tuer.

GALESWINTHE.

Moi ! cela ne se peut pas, non.

AUDERIK.

Si.

GALESWINTHE.

Ciel ! que t'ai-je fait ?

AUDERIK.

Rien.

GALESWINTHE.

Mais c'est de la folie.

AUDERIK.

Peut-être.

GALESWINTHE.

Oh ! ne fais pas cela, je t'en supplie.
Tu ne veux pas ma mort, non, tu ne la veux pas.
Il se peut qu'étourdi par le vin du repas,
Ton esprit ait formé cette affreuse pensée ;
Mais ton âme n'est pas à ce point abaissée,
Que tu veuilles commettre un semblable forfait.
Et puis, tu le sais bien, moi, je ne t'ai rien fait.
A peine si parfois, ô mon Dieu, je t'adresse
Un reproche sans fiel et touchant ta paresse
A me venir parler. Si je n'ai pas le don
De te fixer ici, c'est tant pis. — Mais pardon
Si ces reproches-là te semblent une offense,
C'est tout ce que je puis dire pour ma défense.
A mes accents pourquoi rester inattentif ?
e ta colère, enfin, quel est donc le motif ?

AUDERIK.

J'ignore, en vérité, ce que tu veux me dire ;
Mais je sais cependant que je dois te maudire ;
Qu'ici je suis monté pour nous venger, oui, nous,
Et que tu priais Dieu là même, à deux genoux,
Et qu'ainsi de mourir tu n'attendais que l'heure,
Et que notre dessein ne peut pas être un leurre.

Il marche vers elle.

GALESWINTHE, *se jetant à ses pieds.*

Auderik, je t'en prie. —

AUDERIK.

Auderik ! qui ? — moi ? — Non.

La vengeance, entends-tu, voilà, voilà mon nom.
Je ne suis pas né, moi, sur ta terre natale,
Je suis le bras armé pour une œuvre fatale.

GALESWINTHE, *désespérée.*

Mais je puis appeler. —

AUDERIK, *incrédulement.*

Ah ! ah ! ah !

GALESWINTHE, *éperdue.*

O mon Dieu !
Je suis perdue. — O Dieu !

Elle tombe en se tordant les mains.

HILPÉRIK, *chantant.*

Il vidait sans reprendre haleine
Une coupe qui tenait pleine
Six fois celle que nous avons.

CHŒUR.

Six fois celle que nous avons.

Ils boivent.

AUDERIK.

Femme, on chante en ce lieu,
Et l'on rit, et l'on boit, et bientôt l'on s'enivre ;
Qui donc pourra savoir que tu cesses de vivre ?

Il marche vers elle, elle fuit vers son lit à gauche, ils disparaissent tous deux derrière les rideaux où Auderik la renverse sur son lit et l'étrangle.

GALESWINTHE, *en rendant l'âme.*

Ah !

LES CONVIVES, *joyeusement.*

Ah ! ah ! ah !

Auderik reparaît, traverse la chambre rapidement et descend ; à peine a-t-il fait quelques pas que Frédégonde l'interroge du geste et de la voix

FRÉDÉGONDE.

Eh bien ?

AUDERIK.

Elle dort sur son lit.

HILPÉRIK, *à Frédégonde.*

Que s'est-il passé, dis ?

FRÉDÉGONDE.

Roi, tout s'est accompli.

HILPÉRIK, *à part.*

A moi donc ses trésors !

FRÉDÉGONDE, *à part.*

Enfin, la lite est reine !

AUDERIK, *à Frédégonde.*

A moi donc ton amour !

HILPÉRIK, *aux convives.*

Buvez, le repas traîne.

FIN DE LA PREMIÈRE ÉPOQUE.

Paris. — Imprim. de Mme Ve Dondey-Dupré, rue St-Louis, 46, au Marais.

www.ingramcontent.com/pod-product-compliance
Ingram Content Group UK Ltd.
Pitfield, Milton Keynes, MK11 3LW, UK
UKHW021309190726
13839UKWH00007B/565

9 782329 473512